KB260885

김천기님을
잘못 그렸다.
다시 그린다.
잘못그린

김철기 제10시집
노을 순백으로 웃다

국립중앙도서관 출판시도서목록(CIP)

노을 순백으로 웃다 : 김철기 제10시집 / 지은이: 김철기. — 서울 :
한누리미디어, 2011
    p. ;   cm

ISBN 978-89-7969-400-0 03810 : ₩10000

한국 현대시[韓國 現代詩]

811.7-KDC5
895.715-DDC21   CIP2011004120

김철기 제10시집

노을 순백으로 웃다

한누리미디어

　개인사로는 열 번째 시집 발간인지라 조금 더 별스럽게 특집답게 잘 하려다 7년이 걸렸다.

　터울을 늦추게 된 또 하나 큰 까닭이라면 이론 공부에 꽉 매였다고나 할까. 문학에 입문하던 훨씬 초기 때 詩作을 기조로 퍽 많은 독서 분량 중 몰입하였던 '시론' 이나 '현대문학 이론' 서 등을 다시금 폭넓게 탐독하였다.

　뿐만 아니라 몇 년 꾸준히 시문학아카데미 강론과 토론회에 참여 체계적인 창작이론에 깊이 재집중하게 됨이다.

　특히 원로 시인 문덕수 선생님께서 열강하신 '사물시' 에 몰두하여 어느 기간 창작의 터닝 포인트로 향방을 재고하는 설렘에도 빠져 보았다.

　그러나 할수록 시 쓰기의 실재는 두려움이 새삼 크게 도지고 강박감에 가위눌려 가며 열중한 시간에 비해 작품이 건져지지 않았다.

　때를 같이하여 근년 장기 입원중인 가족과 재가 요양중인 노모 병수발로 심각한 체력 소진이며 경비 부담 가운데, 수신하고 시심의 평정을 유지할 여력이 고갈이라는 변이 거든 셈이기도 하다.

　둘러보면 고만고만 엇비슷하거나 천차만별 각 형색 다른 이웃들의 삶 속에 더불어 시인이라는 촉수 하나 더 세우고 살아

간다는 것, 시 정신이 숨쉬기의 우선 가치이며 자존임을 오뚝
하게 붙안고 살아내는 시인의 삶에 있어 언제는 인고가 없으
랴 싶어 혼신의 힘을 다해 추스른다.

접근해 본 새로운 형태의 시작법에는 여전히 갈망과 아쉬움
인 채 이왕에 기획된 작업에 각별한 시혼과 의미를 불어넣음
은 숨쉬는 내내 시업의 행위만이 존재 확인이자 성찰이며 어
느때나 애틋한 내 아가인 동시 지원군이기도 한 아들, 딸, 사위
의 응원에 힘입어서다.

시편들 대부분 최근작 수보다는 여러 해 동안 문예지나 디지
털도서관, 인터넷문학방송에 흩어졌던 것을 수정 교정하기도
하였으나 창작 연대별 자신의 색깔이라 여겨 도려내지 못한
작품들로 묶는다.

단 몇 편이라도 이 시대 지성의 평점으로 헤아려지고 또한
감성을 같이하는 독자에게 전편 고루 느낌이 공유되길 바라는
시집이 된다면 싶어 꿈의 소임 한자락 갈무리며 지극히 순백
한 웃음 지닌 노을이려 한다.

2011년 중추
성주산 아래 솔안말 서실에서
저자 　栗園

차례

10

김철기 제10시집

2부

3부

돌
아
보
네

4부

내
보
여
야

13

헌
구
두

5부

14

6부

그 와의 소통은

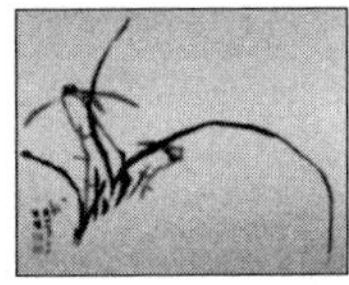

15

바람

7부

김철기 제10시집

1부

햇볕에 말리다

햇볕에 말리다

잦은 비에 선풍기까지 동원
공들여 잘 손질해 넣었다고 안
흰 옷가지들에서
문득 지난 사연 들춰져
수납장 갈피 열어보다

겉보긴 깔끔 판판한 그대로인데
여실 흐느적이는 늙은이 뱃살이다
눅눅한 솔기, 접힌 주름
풀죽은 올올 겹겹
몰라라 지나칠 일 아녀서

마침 고기압 바람 갖춘 초갈 햇볕에
살살 당기고 펴
안팎 골고루 통기시켜
습한 우울증세 증발시키다
제 이름 얼굴 삶을 반듯하게 매만지다

터놓고 하늘 올려다볼 날 잡음에
제 허물조차 떠가는 구름의 가벼움으로

• 김철기 제10시집

상큼 가뿐한 상념 안에서
끼고 사는 눅진 겉과 속 휘휘
햇볕에 말리다.

잠금 & 해지

빛을 여는 기상起床
창을 밀어 외부와의 잠금을 해지한다
TV를 켜고, 수도꼭지를 열고
가스 밸브 잠금도 해지한다

대수롭지 않은 길든 작동으로
목마름을 축이고
공복을 채우고…

다시
비밀번호 입력된 현관 도어를 잠그고
열림 버튼 꾹 눌러
자동차 잠긴 문을 해지한다.

더러는 현시대살이 중간쯤 따라잡기에도
잠금일지 해지일지
속심 알아채지 못할
급속하고 복잡 미묘함이 초극하지만

일상의 대충 반은 자동 수동

일정한 순서이거나
아님 역순의 감각 놓지 않는
잠금 & 해지의 반복에 힘씀이 아닐런가.

봄이 서다

철들고도 수차례 되풀이한
새 봄 문턱이다

혹한과 폭설이 잦은 겨우 내내
동장군의 지문 찍힌 한기가
덕지덕지 달라붙은 문설주에도
한입 그득 볕을 문 입춘의 따스운 기운
봄이 서다

몹시 가슴 시렸거나
그다지 지루함 없이 차가운 한철 만끽했어도
우리에게 봄은 늘 사계의 시작이고
전환의 날개 다는 설렘이려니

움츠려 옹이로 굳은 관절을 반듯케 펴고
피 돌림 둔한 건조한 마디엔
갈앉은 수액 밀어 올려
산(生) 냄새 묻어나는 혈색을 갖출 시점

꽃으로 피울 씨앗을 발아시켜야 하리

잎사귀 눈을 틔워야 하리
꽃대 탄탄하게 뿌리내릴 밑둥 다져야 하리

우뚝한 중심 에워싸고
새 쟁기 마련이며 품앗이도 하면서
우리 혼부림 진한 작물作物을 생산할
벅찬 거보를 내디딜 봄이 서다.

수정 또는 삭제

분필가루 마시면
폐병 걸릴지 모른다 해서
한 손으론 코와 입을 가리고
발뒤꿈치 들었다 놓았다
팔은 한껏 포물선을 그으며
흑판을 지웠지

손바닥 노트바닥
때 얼룩 감추지 못한 채
휘발성 냄새나는 지우개 밥
수정 삭제한 대로
표를 내 흔적을 알아봤고

그도 아니면
긋고 덧쓰기를
하고 더 하다
발밑에 수두룩 구겨 던진
새까만 폐지가 티를 냈지

지금이사

• 김철기 제10시집

보이지 않는 전자파야
당장은 눈에 띌 리 만무
몇 번을 고치고 다시 쓴들
먼지 하나 찌꺼기 한 낱
남아 거슬릴 일 없구나.

물에게서 듣다

흐르는 결로 하여 때로
일그러지는 모습에
꼭 슬퍼할 일 아니라 하네.

타인으로 하여
메워주고 돌아가다
더뎌지는 길 역정 말라 하네.

버겁게 곁줄기 밀고 들어도
밀쳐내기보단
비켜서 세 불어나는 융합의 뜻 헤아리라네.

평상심으론 속 치밀어 더는, 더는
그런들 멈추거나 역류하지 않는
수심水心의 언어를

걸핏 사람 관계에 이는
격랑, 풍파, 홍수, 해일 등
속살 경련할 원초의 자존 울컥거릴 때

매번 몸 낮추고 여과함이 일상이라
나직나직 혹은 악센트 찍어주는
물, 물에게서 듣는다.

묵은 것에 대하여

여기저기에서
이것저것
바꾸라는 제안들
볼 때마다 들을 때마다
솔깃하다

어떤 때는
바꾸는 대열에 못 끼어
시대에 뒤처지는 눈치라
발 빠르게 한 몫 하다 보면
뒤 미쳐 새로운 바뀜의 꼬드김

생각과 행동
문화와 물질
새 것은 대개 신선하고
덩달아 생동감을 주지만
오래지 않아 그도 묵은 것

바꾸고 바뀜에 절어 남은
갖가지 사연 추억 저만의 가치

• 김철기 제10시집

새록새록 되짚어 볼
묵은 것에 대하여
꽤나 긴 지나온 날에 쉼표를 찍다.

반성문 작성중

천성이 남의 뜻 남말 귀히 여기면서
또 다른 난 걸핏하면 어디에서나
내 생각 내 언행이
으뜸이다, 정도正道다 싶은
오만에 단물을 바른 자존감 오똑하기 일쑤다

둘러 생각 고쳐먹고 보면
동 연배에서 당차게 어깨 편 훨씬 아래또래조차
도도한 눈높이
월등한 실력가들 판이다

고샅 들고나는 바람결 풍속도 뒤바뀜만큼 잦은
스스로 매긴 열세점과 우월감의 교차로 하여
실은 절반 넘게는
제 원願의 고지에 제가 못 미치는 급급함에
노상 속 고달프고 두뇌는 복잡성 현기증이다

육신을 이끌고 사철 산야를 휘돌거나
눈 뜬 새벽이거나
병증마냥 끌어안은 한밤이거나

촘촘한 과거사에서부터
고밀도 질량의 진행 지속형 사유 가닥들로
혼을 뉘일 수 없는 연작 반성문 작성중이다.

짐 꾸리기

이제껏 크든 작든
얼마나 많은
짐 꾸리기를 했을까

소꿉놀이 찌그러진 세간과
색종이 몇 장이 소중한 짐이었을 적부터
짓눌릴 무게의 책 더미와 애착 많은 의상
변천 시대별 늘어나는 집기들로
가중된 짐 꾸리기 연속이었으리

백년을 눌러 산다든가
놓칠세라 모으고 거두는 것
실은 매일 짐 꾸리기

평생 너댓 번 혹은 더
대형 이삿짐 아니라도
잠시의 외출을 위해
며칠의 여행을 위해
잠 깨어서 잠들기 전에도 끊임없이 살피고
꾸려 담았다 꺼냈다 챙기기를

이제쯤
온전한 빈손의 떠남을 예측해 보며
툭툭 모두 털어 부려 놓고
가벼이 기쁠 수 있는
고난이 짐 꾸리기를 구상해 볼 일이다.

혼부림

머릿속은 극도로 엉킨 실타래
가슴 속 또한 빛이 멈춘 토굴
조석으로 고쳐 다잡아먹어도
속내는 평정되지 않는
회오리 벌판인 혼바다

남에게 그리 해된 일 안 했다
가질 만큼 누릴 만큼
웃음도 넉넉했다 치면
그런대로 잘 지낸 날들의 제게
좀 너그러워도 되잖은가

털어 내도 좋을
지나버린 작은 실수의 단면에서조차
오장을 쥐어짜는
속 끓임의 자괴감에
혼부림 치다니

더한 건 접고
글줄이나 건질까 싶은

• 김철기 제10시집

도래할 훗날

혹여 향방 가늠 못해
겁먹은 빈손 휘두르다
이제나 그제나 어영부영하다
회한에 와삭대는 마른 쑥대 모습 될까
바짝바짝 침 마르는 지독한 혼부림이여.

4자四字 정붙이기

괜한 징크스
기분학적 감만이 아니었지 싶다
四字는 은연중
死字의 연상으로
우연일지라도 기피할 방도를 몰래 찾았던 건

사는(生) 한구석조차
죽을(死) 기운 스밀까 거부 심경이었으리

꼭 목숨의 사그라짐이 아니어도
잘리고 꺾이고 무너지고 등의
꿈꾸고 이루는 데 반反한
살아냄의 버거움에 들까 봐 두려웠던 게지

이제 정붙여야 한다
그간 四字나 死字를 비켜났기에 누렸다고 안
지상의 혼부림 갈래의 양지 볕들이
절도 있는 四字체의 몸가짐으로 살다가
당도할 死字운 앞에 반듯하게 다가서고 싶음인 걸

천상의 순응
4자四字 정붙이기.

아직 쉬어줄 수 없는 노릇

아래윗니 맞닿는 데는
닳은 맷돌 테두리 형국이고
어금니 가운데는 디딜방아 확 깊이일세
옆, 그 옆 치아도
사기질 벗겨진 흠 가득

언제부턴가 몸의 고단함과
번다한 맘의 허기虛氣가 가장 먼저 쏠려
촘촘하던 이 사이 뜨고
돋기도 주저앉기도 한 치열인 채
흔들리고 시큰거려
씹어야 할 본분조차 자근자근 시늉뿐

그나마 건치가
첫 인상으로 꼽히던 흔적이라곤
환히 웃고 있는 옛 사진에
거침없이 드러나 오버랩 된 잇속이
치령齒齡의 빼어난 성년을
으뜸으로 뽐내는가 하지만

남은 길 들쭉날쭉 가야 할 생로에
요만큼인들 빈 데 없는 제자리에서
기대고 잇대어 마주치면서
때론 단단하고 질긴 음식도 마다 못할
수고로움이 필수인 섭생의 관문에 선
내 치아들을 어르고 달래가며

아직은 쉬어줄 수 없는 노릇.

틀

형태 분명한
하고 많은 틀뿐이 아니다
무형의 틀로 하여
매 시간 되려
그 틀에서 벗어날 수 없다

겉모습 틀이야
스스로 원해서 이뤄지지 않았다지만
내가 짜고 쌓는
항목 번다한 속 틀들조차
의지대로 마련되지는 않는 것을

사면팔방 부딪고 맴돌며
고성능 안테나 장착에
필사의 암호 판독에도
매양 갇힌 제 틀에서 벗어나려
새 틀의 틀을 되세움 아니던가.

오래 되어

뚝 부러져
이미 오래 전에
수액이 통하지 않았던지
푸석푸석 목피木皮 가루 한줌 흩뿌리며
내려앉는 삭정이네

사진 몇 방 없었더라면
20여 년 전
재능을 부추겨 가슴까지 금장 입히던
벅찬 시간의 증표인들
퇴행하는 기억 속 차츰 삭아들었거니

그런 대로 이름을 따라 붙던
번뜩이는 연대표였던 상패
속부터 녹슬어 아교성분 들뜨고
몸판 심벌 제가끔 분리되어
으지직 삭정이로 나뒹구네.

숨을 쉬다

해가 뜨지 않는 극야 '폴 라 나이트'
또는 반대의 백야는
남, 북극의 현상만은 아니리라
사람의 활성은 때로
아주 사소한 집착의 끈에 목매는 것
가령 기능별 용도뿐인 소지품 하나에도
저만의 체온을 통하다 놓치고
일방적 극점에 근접하는
숨 막힘을 체험한다 치면
바닷물까지 얼어붙는
엄청난 저온의 계절을 통과하는 동안
하물며 사람의 부단한 숨쉬기임에랴
눈구름 일어 상고대 꽃가지 장관 속
고단한 숨 고를 적 가끔 있겠지만
무너지고 앗아가고 소실되는
저마다 뼈 속 시린
빙각의 사연 오죽할 건가
살아내느라 죽을 만큼
숨 끝 놓지 않음은
끝내 포상의 시절을 아는 목숨인 까닭

• 김철기 제10시집

옴짝달싹 기미조차 없던 지축에
파르르 설익은 해 제대로 뜨고 지고
세상천지 숨구멍 열리는 때를 맞느니
땅을 뚫는 작은 땅 두릅 한 포기부터
창조주의 봄을 상 받은
동식물 고유한 생명들 숨결 안에

숨을 쉬다. 숨을 쉬다.

손을 씻다 손을 닦다

귓속으로 흡입된
타인과 더불은 때
남에게 떠넘길 수 없을
순전히 혀로 뭉갠
내 단독 분량의 때

시시콜콜 혼부림의 앙금들
모르는 새
갈비뼈 안쪽이거나
눈 닿지 않을
뒤태에 거뭇거뭇 얼룩질 법한 땟물

이참에
모든 오염을 꺼내어 닦아낼 작심
정수한 물로도 세척 못할
마음이 불린 때라 해도

사이사이 마디마디
세필細筆 붓 올보다 가느다란 잔주름까지
비비고 문지르고 다부지게
손을 씻다. 손을 닦다.

• 김철기 제10시집

2부

노을 순백으로 웃다

노을 순백으로 웃다

미명의 무채색 하늘빛 치받으며
도도한 해돋이 적
호사스런 빛 번짐의 속성

수시로 궂은날
바람마저 설렁설렁 겉돌기나 할 때
제 맵시 언어 감춘 채
그늘 깊은 웃음 휘저어 날릴라치면

들풀 밑 대궁까지 뒤채며 응원의 탄주
맞장구 크게, 갈대 춤 파도 타는 위로
불그스름 푸르스름 누르스름
더런 강열한 빨강 노랑

쏟아 붓기만 하면 강물 바닷물도
무한 복합 색으로 물들일 줄
정면 혹은 시공 초탈 은유까지 자리 바꿈질
발광 발산하는 꿈 빛인 동시 여정旅程의 나

늘어진 그림자만큼 혼합 얼룩 길고

아직 더 이맛전에 착색될 빛 가닥 산만할지라도
온전히 무불순물 순도의 노을,
노을도 순백으로 웃多.

눈(雪)

내 진행 차도며
저 편 회색 아스팔트
자동차 바퀴는 닿지 말아야 할
황색선 두 줄 위로도
잇닿아 내려앉는 눈
지면에 닿아 녹기 전까진
육각을 지닌 모습이었으리

지상 어디쯤에서
모습 지어져
허공의 짧은 시간을 살아
하필 열기 높은 차도에 내려
찰나의 목숨을 사르는 것이냐

혼부림을 다해서라도
더 차고 외진 길을 잡았더라면
동족끼리 몸 섞어 장수를 누리며
제 이름 고산의 나뭇가지 위에 꽃으로 피우기도
골짝이건 등성이건 온통
부신 이름으로 덮을 수 있었을 걸.

달을 키우다

쾌청한 종일의 일손 털고
침상 위로 몸을 내던지다

마치 기다렸나
딱 맞춘 눈높이에
거지반 다 둥글어진
새하얀 웃음에 마주치다

그래, 그랬지
며칠째 그것도 시각 시각별
반원 이전부터 조금씩 불려, 불려
만월 가까이 커온 달

오늘은 내 아린 눈 작업으로
달(月) 달
달을 키우다.

쌀을 푸다가

20kg들이 황토 쌀독에서
전용 쪽박으로
가솔 수에 두어 끼니 치 곱해
별스럽지 않게
쌀을 푸다가 문득

비장한 두레박질에 눈부시게 건져 올려지는
젖빛 목숨 줄을 보았다

어머니 내 나이 적
그토록 진지한 눈길로
줄어드는 깊이를
손마디, 뼘으로 정밀하게 재가며
날짜를 마름질하던 쌀독

쌀을 푸다가

생사 고비마다
용케 밥 넘겨 연명하고
덤으로 오래 살아 죄스럽다는

• 김철기 제10시집

90성상 숨결 곁
지금이사 별스럽지도 않은
낱알 축난 자리

빛살 후하게 찰랑거려 넘치는
사르륵 사르륵 생명함을 보았다.

시간을 땜질하다

태풍 경로를 맨몸 부딪는 고층의 몸살이
닫힌 창 안으로도 고스란히 전해져
심히 고단한 잠마저 밀쳐낸 시간
후유증 오롯이 묵직한 몫이 되고

돌풍 갈앉은 우기 전형의 가늘어진 빗줄긴
점, 점의 직선 흩뿌려
그다지 생경하지도 않은 후문 무성함이지만
재차 오묘한 것은 자연에서 더할까

딱히 작정 없이
구깃구깃한 화선지 꺼내 펴고
목탄 동강으로 앞산 비슷이 풍경화
애벌 밑그림을 그려 보다가

허둥지둥 붓 고쳐 잡고
곧잘 답습하던 해서체 운필 해봐도 굼떠
글줄 오르락내리락
필력 약한 붓질이다

허투루는 잠시가 아까운 금싸라기
집적거리기만하다 잘리고 찢긴
자투리 시간
지금 그 시간을 땜질하다.

나잇값

급속한 노령화 사회
동시대의 주역이 코앞

그저 오래만 살면 좋으리라 믿던
예전과는 달리
확률 높아진 장수할 날들에
기쁨 앞서 고심 큰 것은
나잇값의 진중함을
어림 대중할 줄 알아서일까

새치머리 염색을 하고
연지 볼 붉게 칠해 보는 건

나잇값을 치르는 일
나잇값을 대접받는 일을
얼마쯤 탈피하고 늦춰 볼 심산이었다지만
시간 앞엔 비교적 정직하게 복구됨을 안다

실은 스스로 매기는 나잇값의
적확성이 무서워서가 아니던가.

• 김철기 제10시집

야외 시화전

시화詩畵 깃발 내건
시청 잔디광장 위에
민낯의 낮달이
수고를 자청한 우리들
못 말리는 짓거리에
토 달지 않은 눈빛 말갛다

바람소린 저편 풍악을 실어
시 폭 춤사위 짓고
꽃잎을 세는 더딘 눈어림
시 줄을 훑고 선 어깨 위로
오월의 낮달이
자글자글 스미어 간질인다.

실타래 촌
— 길

바람이 지나는 길에
바람끼리 또는 구름 엉키어
회오리가 되기도 하는구나.

강물 흐르는 길에도
소용돌이가 이는구나.

바람 길은
바람 지나도록 열어주면 좋으리
강물 길은
강물 흐르도록 물길을 터 주자

사람 길에
비뚠 길도 덤벼드는 이 있다면
꼬인 매듭 조여들기 전에
스스로 풀고 가자

얼키설키 얽힌 실타래 혼재하는
우리 살아가는 길
내가 먼저 곧은 길 가면
팍팍한 길도 부드러이 열리려니.

• 김철기 제10시집

꿈 접는 연습

여태 꾸어온 꿈이
한둘이랴
이루기 위해 꾸는 것이
꿈이라 했지만
꿈은 그냥
꿈일 때 더 빛남을
딴 일엔 늦되기 일쑤면서
이르게 내린 자답이리니
꼬물대는 미련 없진 않지만
꽤 오래 전 마침맞게
꿈 낮추기 예습을 해 둔 셈
훨씬 아린 뼈 깎기 살 내리기일지라도
접어야 가벼이 살 수 있는 때
만날 한 가닥씩
꿈 접는 연습이란다.

사진 찍기

I

윗마을로 길 트인 뒷산
묘 동산 언덕배기나
냇가 나가는 빈 논밭에
무릎 차오르도록 눈 쌓이면

날개 편 새가 되어 한껏 팔 벌려
코가 시리게 엎드려 얼굴을 찍고
고깔모자 실 올 문양 박히는 모양이 좋아
단번에 벌렁 뒤태 전신사진

설면雪面 봐가며
둘셋 모둠사진은 또 얼마나…
아련하고도 선연한 철부지적
사진 찍기였지.

II

크면서, 지내오면서
녹아버리는 눈(雪) 사진 멀어가고
흑백

천연색
동영상
당 시대별
사진 없으면 제 모습 잊기라도 할까

꽃빛 물빛 하늘빛 담고
나무 등걸 너럭바위
철철이 갖춘 입성에 표정도 달리
찍어 간직 돌아보면서
몰래 자기도취 황홀도 했다

내도록 사진 찍어 남김은
개인사 의미 짙은 기쁨 치
다행이 제 모습 제가조차 자유로워
무시로 사진 찍기 행진은 계속되지만

언제부터 평면 이상의
속맘까지 드러나는 현상이 보임직해
갈수록 훗날에 발현될
순간순간 피사체인 제 삶의 행적

멈춰 세우기 조심 머뭇거려져
웬만큼 진중한 실행
사진 찍기다.

60

처음엔 알지 못했다

많은 봄을 앓고 난 이즈막까지
계절 몸살 따위로
아지랑이 속 꽃눈에도
명치끝이 아릴 줄
처음엔 알지 못했다

바람으로 스며들어
살점 떨리게
세포를 따라 퍼져서는
숨 쉼에서마저 혼재하는
울렁이는 기운

잊었으려니 한 귀엣말이
물오르는 나뭇가지 부딪침에도
마디마디 환청이네
가슴에 묻고 다졌음에도 도질 줄
처음엔 알지 못했다.

우리라는 묶음

바람결 지치며
철새가 무리지어 난다
향방이 닮아
눈 빛, 눈빛들 마주친 날
회억이 새롭다

고개를 끄덕여 소통의 시간이 쌓이고
목마름을 알아채게 되고
아파하는 속내
치유까진 못 미쳐도
진통의 바닥을 어루만지려 했던 우리들

어느 모(角)가 불거져
다 아는 끈 공공의 벨트 홈집 낼
저마다 날 벼린 맘 짓, 몸짓
소름 돋게 칼춤인가

분명한 건
우리라는 묶음으로 공유한 날의
첫 눈빛 행보 지우려 말고

디딤목 부추겨야 할
괴이고 맞대어 줄
고유한 낱낱의 조합이란 걸 되짚자.

낯설음

또 세밑
송년모임 제목 붙여
심심찮게 불러 주는 데 있어
걸맞게 매무새 갖추고
나선 길

바삐 이동 중인 이들 손에 손엔
꾸러미, 꾸러미…
분주해 보이긴
운행하는 차량도 마찬가지

특이할 것 없는 익숙함이
생판 낯설음이야
거짓인가 싶게 완전 낯설음이야

청탁 받고 써 보냈으면서
후일 자작시 몇 편 실린 책
제 이름 쪽 분명 펴 들고도
생경하게 내가 언제 쓴 시야? 갸웃
때론 백치 형 멍한 낯설음인 게야.

헤어짐도 만남같이

만날 때
꽃을 건네던 초심
헤어질 때도
꽃을 줄 수 있을까

가장 절절해서
또한 가장 노여워서
뭔들 못하랴
뭔들 안 해 보았으랴

꽃 마음이 시들어
꽃 맘을 보는 눈이 흐려
눈물 없는 긴 울음 끝
꽃으로 돌아설 수 있을까.

백제인 행기 큰스님

한국인, 백제인
왕인박사의 뚜렷한 후손이었던
일본의 대승정 행기 큰스님

수많은 수도장이며 사찰을 몸소 세웠고
백제 스님 '도소화상' 께 선을 배웠고
'덕광법사' 의 문하에서 '구족계' 를 얻어
조상의 정서와 불가의 업적을 널리 펴며
덕행을 실천한 짧지 않은 세월 지나

역사의 바람 강물 흘렀어도
백제의 향내 배인 행기 큰스님의
혼이여 문화여 자못 선연한 그 이름
가슴 안 속으로 전해 흐르나.

3부

돌아보네

돌아보네

〈한 點 꽃, 꽃의 사다리〉
떨리는 꽃대로 내친 길
〈밤나무골의 햇살〉
꽃술 솜털조차 따사로울 때 있었지

더러 사방 불협화음에 떠밀리며
〈소리에 색동옷 입혀〉
〈빛 한 줌〉
조심히 받쳐 들고
〈날 사랑하는 나의 記〉
적어 새기는 자존이든가

〈내일, 그 내일도 생생할〉
무엇인가에 어제 오늘 한순간도
사력을 다하지만
〈빈칸의 꿈〉
잠결에도 접지 못하는
늘 그댄 내 사색의 중심이고
그 오랜 고지식한 버릇으로
굳은살 두터워지는

더디디 더딘 꽃 등잔의
〈불 켜기〉

생면과 이별로
매듭 엉키고 풀며 인연 짓는
〈실타래 촌〉
영혼의 고치를 켜고
언제라도 생명력 깃든 실올 짜 볼까
멈추지 못하는 어허
〈노을 순백으로 웃다〉
혼부림, 혼부림을 돌아보네.

1950년생의 2010년은

참 많은 해넘이를
살 비늘 한 겹 뜯기는
통증 얕은 무덤덤한 가슴인 적이야
더러라도 없었지 싶지만

유달리 뜬눈 지새워 맞선
불끈 어기찬 해돋이 앞에서
속가슴 또한 한껏
웨이브 큰 파고의 연속 파장인 건

분명 삶의 판 중반 훨씬 기운 링 위거나
잔여시간 바튼 맘 바쁜 후반부 그라운드로
생명하여 또 입장을 허락한 이께 경외하며
回甲 호패 결연히 들러 메는 확증의 찰나여서

풋향의 아련한 시간은 말고라도
열망의 붉은 볼이라 우긴
불혹 이전, 지천명 이전 때완 엄청 달리
열두 간지 돌고 돌아 호기虎氣찬 백호 해맞이여서

헐겁고 느슨해서 흘러내리고 벗겨지는
어깨 끈, 허리춤, 신 들메 다시 매만져
연습 없이 내닫는 준비자세
심장이 파도소릴 내나 보다.

경기 4루 4530 소나타

I

남편과 33년을 사는 동안
몇 차례 차종도 번호판도 바뀌다가
신차 출시 기다려 그댈 만나 어느 결에
남편하고 산 절반을 함께 했다 16.5년여

때론 비즈니스의 사랑방이고
세상 보는 창이고
시어를 다듬는 안락의자 등 편한 서실

뭐니 뭐니
맘 쏠린 길 완급을 조절하여 잘 가주고
자유로운 순례에 눈썰미 넓히고

문안하러, 명절 쇠러
모임, 전시, 워크숍
바람 쐬랴, 장 보랴

내 아가들 초 중 고 교문 앞
대입 시험장 졸업식장

입대시킨 군대 면회장까지
폭풍의 도로 위
땡볕의 주차장

이정표 열린 땅 길
달리고 머문 시간만큼
단단하던 관절이 닳고
광택나던 표피가 부식되고
이 구석 저 구석 번갈아 탈나기 일쑤
숨소리도 예와 다르더니
그예 퍼져 앉았느냐

II

널뛰고 그네 태우는 스릴을 즐기는지
차타기를 재미있어 하던 사내아기조차
그대 젊은 날보다 늠름한 애마를 부리는
발 빠른 장정 드라이버가 되어
안쓰러운 미련 연민 다 접고
운전석 자리바꿈하잔다

어쩌랴. 그대에게도 회자정리
더는 건사하기 난제
식음이 편치 않은 달포의 고심 끝에
문명의 고려장일러라. 폐차 결단
정 뗄 수순을 늦출 수 없을 터

이 세상에 한 번뿐인 이름으로
분망한 내 중년기
동고동락의 현장 중심에서
과묵하고 듬직하게 동행해 준 그대
작별하자 오래 기억되려니
경기 4루 4530
먹빛 소나타여!

부천, 복숭아꽃 강

심해深海의 산호 떼
볕 쐬러 나왔는가.
5월 긴 낮 내내
복숭아나무 가지마다 흐드러지게
봄꿈을 내걸었네

결 부드러운 바람조차
꿈 가지 쓸어 보듬더니
온통 별무리 내려 엉켜
꽃 내(川)
꽃 바다를 이루어

지평과 은하계 맞닿는
지구촌 중심에 넘실대는
부천,
복숭아 꽃 꽃 꽃 꽃…
꽃 강이여!

남산바라기

앞뒤 산은
진달래, 싸리 꽃가지와 엉켜 놀 터
솔방울, 밤죽정이 굴리며 딩구는
그저 뜰이며 마당일 뿐
산골아이인 내게 정작
산의 첫 이름은 남산

남산은 곧 서울바라기에게
자라는 한가운데 굵은 심지로 세워져
상경의 정점 삼아
꿈꾸는 미래 명소였지

끝내 공중 판화에서
맘먹으면 다가설 수 있기까진
놀던 앞뒤 산에
솔잎 켜켜이 몇 번이나 떨고
생화보다 흰 눈꽃 마른가질 휘었을 후

볼 붉은 촌티 남산 언저리에 흘려
보폭 커지고 구두굽 바뀌며

도회의 고단함도 흩뿌려 묻었고
산 빛 청춘을 원 없이 뻐기기도

신 머리칼 비례 못하는 설렘으로
남산 지척에서 숨 쉬는 여직도
그때 적 동경으로
외눈 빛마저 시들지 못하는 남산바라기.

아! 서울은

서울은 무조건
빛나는 미래의 동경이었던 내 미성년
꼭 그렇게 서울이어야 하는 간절함
멧새와 들풀과 나무그림자
갖가지 꽃빛 엇바꾸어 웃던 향촌에서
늘 목을 빼게 하는 꿈덩이였지

홀쩍 길어진 모가지로
서울의 소문난 맛집 멋집 기웃거리고
남산길, 한강다리, 고궁, 대학로….
인사동의 전시장들과 하찮은 구석빼기까지
당대 의미의 발자취를 찍으며
청년을 앓기도 헤프게 행복하기도 하기를
자못 치열했다 싶게 누빈 걸음 늦추고 돌아보니
수박 겉핥기만큼 주마간산의 행보일 뿐

목 늘임을 이은 더 훨씬 세련되고 반짝이는
아들딸의 눈빛들이
햇살 속 꽃으로 명품거리 꽃별로 아우르며
누가 먼저 서울에서였나 싶게

• 김철기 제10시집

밀도 짙은 밑그림으로 꿈 타래 풀어 수놓는
아! 서울은
내도록 모국어 숨결로 사로잡힐 꿈의 땅.

어머니 소망의 끝은

"어미는 그 옛날에
여름, 겨우살이 입성이며
돈 마련이 고작 베필이라
골병들도록 베짰지만
길쌈 안 해도 되는 지금 세상에
넌 책 읽고 글자 찍다(컴퓨터 작업) 골병들겠다
대통령이 될라나
웬 책을 그리 많이 보누? 쯧쯧…"

혼잣말인지 말동무 청함인지
골병인가 노환인가 병석 수십 년
날 시집보낼 때까지 산다면
외손자 볼 때까지, 학교 들어가는 것
군대 가고, 취직 되는 것 볼 수 있으면
여한 없다더니 다 이루고
외손녀딸이 시집가도록
바람을 늘려온 구십 중반의 지금

돈벌이 절박한 베짜기도 아닌
언어의 베틀에 매달리는 딸 보며

온몸 뼈마디 골병들까 염려일까
대통령 될 일
애당초 당찮은 거 알면서
끝이라 놓을 수 없는
아직 더 남은 소망 빗대서일까.

노모에게서

'아마 나도 저럴 거야'
'나중에 난 저러지는 말아야지'
하루에도 몇 번씩
노모에게서 노후의 내 모습이 보여진다

영락없이, 정말 꼭 닮아서
소스라치다 종내 아프다

혼인 전 함께한 이십오륙 년
초기 기억은 아스라하고
먼 거릴 두고 지낸 삼십여 년마저 실은 아득하기나
곁에 모신 이태도 채 못 된 시간 에둘러
어렴풋한 예나 이제나 닮은꼴이긴

평시엔들 헐렁하게 놓아도 좋을
스스롤 옥죄는 자존의 끈 목숨 담으로 틀어쥐고
어느 볕 좋은 날의 고별에 턱 받치는
깔깔한 성정뿐이던가.

모친 머리 손질

삼단 같았다고 했다
검은 공단 같다고 했다

한 땐 동백기름 자르르
가르마 반듯 쪽찌다가
펌도 하고 컷도 하고

귀밑머리 제비꼬리까지
은백색 눈부시도록
어머니 손거울 속에서
윤기 나던 머릿결

백세 가까워질수록
누운 자리마다 새둥지
가늘디가는 표백 솜털 들러붙어
거슬리고 성가시다고

난생 처음 삭발 가까운 자르기
말캉한 두피에 핀 검버섯 드러나도록
떨어질 무게조차 없는 머리칼 짠해
두상이 예뻐 어울린다 했더니
징 방망이 따로 없다 허허 웃으신다.

군자란

한란, 양란, 풍성하던 호접란
그럴싸하던 여러 난분 곁
실하게 두툼한 선의 군자란

두세 해 제대로 손질 못해
볼품없는 빈 화분만 수두룩한 꽃뜰에
겨울 잘 견딘 몇 종 안 남은 중
뜻밖에 화들짝 개화의 경이로움
아― 진정
꽃피는 계절이런가

파르스름한 꽃대 올리나 싶더니
하나의 꽃대에 옹기종기
점차 주황색도 선명하게
앞서거니 뒤서거니 꽃잎 벌어
일곱, 아니 아홉 송이나
둥근 종소리 눈에 울려
송이송이 감동의 눈물이네

내 집 허술한 베란다에서 피어준
네 이름에 걸맞은 기상의 꽃
군자란이여.

꽃나무 손질

지난 동절
그러그러한 연유로 내 곁에 옮겨진
한란이며 갖가지 꽃빛의 호접란
꽃대마다 탐스런 꽃송이 촘촘 꿰어 매달아
곧은 받침대에 어렵사리 꽃 무겔 지탱키도 하며
근 백일간이나 장수 개화기였네

더 많이 보아줄 걸

숨 쉬는 공간 가까이에서
저마다 피워 올린 절정의 꽃 때(時) 허송 말고
눈 맞출 시간 늘일 걸

봄기운이 완연한데
거꾸로 꽃은 다 지고
다산한 산모의 넙데데한 볼기 닮은
푸석한 밑둥에 그새 누렁 잎이네

숱하게 말라 누운 제 잎을 부수어
거름 되랴 제 뿌리에 되 뿌려도 보며

한창 시절 소통의 부재 허투루 보냈지
못내 안쓰러운 꽃나무 손질이라니

그렇거나 한 이틀 사흘
좀 더 볕이 익으면
베란다에 내어 흙도 돋우어 주고
산바람에 자연광이라도 쐬어 봐야겠네.

87

여름 새벽 소리

지난해 여름 내도록
성주산 약수터 정상 쪽에서
그다지 곱진 않으나
목청껏 '야호' 음자리
꼭두새벽 출석 매기던 소리며

목련나무보다 훌쩍 위
고층 창 언저리께서
허공을 찢어대던 결기 찬
여름의 대표 소리군群이었던
매미의 합창

웬일일까 올핸

새벽 산의
귀 익은 남정네 외침도
어째 들리지 않고

혹여 수목 소독 냄새 달갑잖은 매미
무리째 단지를 이동하고

열외로 처진 힘없는 소수뿐인가

고음 잃은 성약한 울음만
겨우 잊지 않을 만큼
여름 새벽 소리로
야트막 귓전을 울릴 뿐이니.

시인의 안식년

창작의 두려움 눈가림이다
게으름 면죄부 마련이다
스스로 '시인의 안식년' 내걸고
시詩를 놓은 짧지 않은 시간
꽃, 비 철 다 지나
단풍 빛조차 절정 넘어 기우느냐
색색으로 불 켜 들었던 고목들도
촉수 낮추는 산사山寺의 뜰
잎 져서 더 현란한 빛깔 감잎은
염색 특질인 가죽 옷감
겹겹으로 마름질 잘 해 펴 논 마당에 서니

'감나무/ 가지에/ 매미가 벗어놓은/ 여름옷 한 벌…'
황금찬 시인님의 그 옷자락 아직 촉촉하고,

홍윤기 시인님의
'기운 썩 좋은 낮 붉은 아이들
아우성치면서 벼랑 타고 오르는 소리…'
아스라이 등성이를 맴돌아
헐렁하던 시감詩感을 흔든다

• 김철기 제10시집

한 이태만 충전이다 쉼표다
여유 반 궁색 반 소문낸
'시인의 안식년' 끝자락
그다지 속 편한 휴면도 못한 기간
비워둔 시작업의 머릿속은
빡빡한 빗장 걸린 산실이다
애당초 시인에게는 당치않은 명명이었을까
이제 느슨한 시상詩想이나마
달싹달싹 들먹여
차차 안식년 종료할 예행을 해야겠다.

숨통 열리다

작열하는 태양열도 그러려니와
봄부터 가족 우환으로
가세한 상승 체열은
마냥 두근거림의 심폐
목구멍 짓누르는 호흡곤란을 동반
그런대로 활개 펴던 집안 곳곳
불규칙한 환청의 신음소리 따라 붙어
달리 해소할 길이라곤
무늬만 앙다문 탈출이다

해봐야 기껏
거실 가죽소파 끼고 돌아
산봉우리 몇 바라다뵈는
벽 높이 반쯤 상단의 투명 창과
상시 열렸으나 책 더미로 폭 줄어든
출입문 외엔
사면 빼곡히 책장 두른 서실이
고작 얼마간 은둔의 피신처

빛 반 어둠 반으로

• 김철기 제10시집

저문 이쯤이면
가빠 헐떡이는 고르지 못한 내실 공기
안 보면 안 보는 대로 맘 쓰여
숨 막힘 가중될 법한데
친밀한 책에 둘러싸인 공간이 위안이었나
오관에 쏴아 산소통 작동
들숨 날숨이 통과, 숨통 열리다.

단 한 번의 초대에

살아 있는 사람은 제마다
살아가는 일에 죽을힘으로 열중하느라
준열하게 이어가는 도정 피치 못해
거동의 한계에 부닥쳤다고 변명이 될까

친인척 대소사에 참례 잘하던
촌수 멀지 않은 손아래 동서
아들 형제 의사로 키워 흐뭇해 하던 한창나이
정작 자기 병은 늦게 발견
서둘러 명을 달리했다는 기별인데도
다른 곳 다른 일 중단할 수 없던 터

삶을 마감하는 사람의 이승 끝
재연 불허한 단 한 번의 초대
꼭 가야 할 자린데 당도하지 못했다니

만약에 내가 내일 죽는다 치면
살아 가깝던 누군가도
당장 못 비킬 비중 큰 우선순위에 밀려
단 한 번 밖에 없을 초대임에도 불참하고
지금의 내 속 겪을까 한숨 나온다.

• 김철기 제10시집

4부

내보여야

내보여야

한강에 첫 얼음이 얼었단 수선스러움에도
문 밖 갈기 세운 바람 길에
나서보지 않으면
냉한의 강도를 체감하지 못하려니

성근 세모꼴 각마다 푸른얼음 날선
빙벽의 가슴팍일지라 한들
심하게 과묵한 침묵의 두께로야
그 속내 다 헤아릴 리 없잖은가

쥐어 보고 더듬어 봐야 골진 상처 깊이도 알 일
그간 늘 촉수 높여 눈빛만의 알아챔했다손
이젠 분명하고 솔직한 말, 말소리에 실어
내보여야 미덥게 닿는 것을.

4월의 비

좀 전까지 추적인
비 맞고 떨어진
목련꽃 낙화
눈 둔덕 두께 지층을 돋운
목련나무 밑 간이의자에
끌어안고 정물 형상
미동도 없이 앉은 남여
4월의 비, 꽃비 속에
젊음을 적셔 앓고 있나.

간절기

일교차가 심히 벌어지고
잦은 안개에
짧은 가시거리는
어느 시절 너와 나
눈 한껏 떠서 탐색을 해도
불분명할 뿐인 가슴팍

새벽길을
기氣를 모아 운전을 하면서
다가올 낮의 최고 기온이나
그 오후를 예측할 수 없던
분석과 저울질의 우리 계절
4계 사이 난해한 간절기.

계절 혼돈

때로는
가을비 내리는 오후가
봄날의 안개 그대로다
낮게 내려앉은 하늘과
키 자랑 하늘 찌르던 고층 빌딩
두루뭉술하게 선 흐려 맞닿은
도시의 중간

봄 타던 숫가슴
철없이 못 떨치고
보고 또 꺼내보는
손거울 속
처진 눈꺼풀 치올려 떠
어째도 희미할 뿐인
한 치 앞 시계視界를 더듬는다.

태풍 걷힌 뒤

옅은 먹색 구름이
새벽 한가운데 제 한 짓 아랑곳없이
능청맞도록 유유하다
고층빌딩 저들끼리
더러 그림자 세운 반대편엔
여적 보아왔던 눈부심 더한 햇살이
경이로운 배반감이랄 만큼 퍼졌다
비비고 짓이겨 뿌려진
나뭇잎 풀가루
마당은 온통 곱지 않은 녹색이고
어찌해야 풍력 버텨내랴
베란다 창 1센티미터 더, 덜 여닫으며
가슴 쓸어 지샌 광란의 밤 공포에서
확연히 벗어나는 안도의 숨이련데
깊이 꺼지는 어깨 푹 내려앉음은.

철 바뀜

푸른 물색이
나날이 순도 높여 뚝뚝 떨던
하절의 숲이
순하게 결기를 접느냐

하찮은 한 그루 나무조차
힘줄 세우던 목
아래 아래로 꺾어
때를 알아 순명하거늘

불변의 준열한 이치를
영물 누군들 잊어 모를까만
다만 철 바뀜 매번
새삼 경외할 뿐이다.

아주 쉬운 봄맞이

습관에 배인 남다른 껴입기
추위 두렴 훌쩍 벗은 치장에
누진 도수 높여 맞춘 새 안경
봄빛 휘둥그레
발걸음 나비춤이네

푸르른 요일 장터
겨우내 먹던 온상 재배 푸성귀와
별반 다를 것도 없는
달래묶음 머위단
이름이 '봄똥' 이라 담고
자연산 원추린 첫 선인가
두 팔 모자라도록 녹황색 나물 움켜
새봄 손님 향내 맡는 시늉 코 찡긋
아지랑이 펴오르는 들판을 들이키네.

우편함 그득 꽃 풀물 진한
쇼핑몰 책자에서 들썩이는 이야기
늦된 콘크리트 숨구멍 열어 봄 숨을 듣다
먼 데 나설 것 없이
오감의 겉 문만 열면 온몸 예비된 마중꾼
아주 쉬운 봄맞이, 봄맞이라네.

김철기 제10시집

여름나고 갈 오나

거실 앞 뒤 창으로 들이치는 맞바람
숲길, 들판 길 내달을 때의 풍속으로
머리카락 휘저어

태풍권이라곤 하지만
처서處暑 밑 확연한 절기의 뒤채임이리
폭염의 도드라진 열화 견딘 숨통 틔움이네

썩 맛이 든 첫물쯤의 풋사과 파란 껍질을
얇게 돌려 깎기를 할 만큼의
보송보송한 여유로 밖을 보니

팽팽한 양산폭도 짝 쪼개 널
볕 발 눈 못 뜨게 부시고
살갗, 폐부가 기억하는 척도의 바람 냄새

여름나고 갈 오나.

새날 맞다

0시를 넘기는 순간
재빠른 하례 문자가 오다

정월 초하루 인사 길은
혈혈한 청년의 몫으로 주라
부지런하려는 발길조차
초이틀 사흗날로 늦추라고
부모님께 길들었던
처녀 적, 아낙 적 시간이 얼핏 스쳐
답신의 키를 찍던 손 멈칫

무의식중 굳은
보수 기성세대의 표출인가
피식 자조하다가
현대를 공생함에 구습에 갇힐 일이야
신구 예가 정성인 것을
새 날 새 빛에 발맞출 요량
장식표기 곁들여 당당히 하례 문자
새 날을 맞다.

해넘이

식은 온돌 냉골의
늑골까지 시린 한기를
섣달 볕 서녘 구름 물들인
해넘이 고운 잔광 아래서 부르르

외진 곳 구석까지
빛 밝힘 다하고
솟을 때의 붉은 맨몸으로
조금 조금씩 전몰하는 해넘이가
여느 때보다 싸늘케 떨려 옴은

내일, 내년
새 해돋이로 명일 한들
오늘 해넘이의
환생이랄 수는 없어서이려니.

근황

안녕을 묻지 마셔요
아니 물어 봐 주실래요
근황이란 게
한 마디로 말하기 난감하답니다.
아까는 주방에서 마치 전기 맞은 쇼크로
군방화群芳畵 액자에 머릴 박았고요
그제 밤엔가는
화장실 급한데 신발을 못 찾아
어렴풋한 초등학교 차가운 쪽나무 복도를
맨발 까치걸음으로 들락거리는가 하면
중국 상하이에서 본 서커스장
모로 거꾸로 자전거를 굴리던 원통 상단 벽을
폐차한 내 승용차 핸들 놓은 채
몸으로 미는 터무니없는 꿈을
연속 드라마로 꾸는 거예요
가족 4분의3이 노령 내지 장기 입원환자다 보니
얻어 듣는 병증이 종합으로 우리 것인 느낌
뒷목 어깨 팔 모두 아악 소리 지르는 근황
문자 찍기도 간추려지지 않는 안부의 말
들어 주시겠어요?

올 가을을

해마다 그다지 다를 것 없이
순차로 느껴지는 계절감이지만
어느 해보다
크게 선심 써 넉넉한 맘으로
올 가을을 맞아 볼거나
가슴에 불을 켠다든지
고적감에 글썽거림도 초탈한
그저 순하고 도량 넓은
저 아랫녘
지평선도 아득하던 곡창지대
넓디넓은 평야의 맘보를 먹을거나
아니면
숨 가쁜 석양 붉은
단풍 빛을 물들여 널리 퍼뜨리던 서해
시안으로 가늠하기 벅차던
그 큰 폭이 내 가슴인 셈 치고
맞을거나 올 가을을.

무광시대

얼마큼 간곡한 만남도
짜릿한 맘 따윈 생길 리 없다 싶고
떠오르는 시대적 화두라 한들
모두 귓등으로 시들할 뿐

때 없이 날개 펴는 작은 새의 비상
토양 따라 물오르는 풀꽃조차
환한 끌림 떨리게 부신 적 있었는데

입귀에 침 고여 가며
삶은 신바람이라 얼러대는 열강이나
퍽 집중해 성취하려던 가치도
이내 흐릿해지는 딴 세상의 것

가볍게 스쳐가는 돌림병쯤 여기자니
신열 들끓어 휑한
혼까지 놓칠 지경의 공황
심히 어둑한 터널형 내 무광시대.

길 떠나기 전

여행 앞둔 전야는
언어소통의 두려움만큼이나
이 나이 닿도록
늘 따라붙는
먹고 자고 배변의 사소한 고민까지

아마 뉘게도 그러려니
신천지 예상 그림 그렸다가 지웠다가
마음은 미리 들썩이지만
습관에 길들어 저리도록 소중한
제 집 떠남엔

마지막 글을 쓸 때 비슷한 심경
짐짓 비장한 한 차례 의식이다
냉장고 속을 설계하여 간수하고
집안 샅샅이 훑어 손길 둠이네.

불면의 뒤

감동이거나 슬픔이 아니어서
감성이 젖어 있지 않아서인가
눈꺼풀이 이쯤 뻑뻑하면
젤 먼저 눈물이라도 나야는데
눈물도 줄어드는가 보다

여느 불면일 적
시작詩作에 매달린 것도
바닥을 치는 주가에
노후를 고민하지도 않은
퍽 뜻 맞아 괜찮은 담소의 자리
잘 살이 음식에 웃음 넉넉하고
더했다면 평소보다 말수 훨씬 늘인 것일까

여태 눈동자 부드럽게 구르고
감고 뜨는 동작이
기운 써서야 한 일이었던가
그저 무기력, 그 무엇도 생기나지 않는
이 묵지근한 불면의 뒤.

김철기 제10시집

5부

헌 구두

헌 구두

제 철 때 맞춰 신으려다
미처 다 못 신어 본
한 시절 넘치게 사잰 사치 흔적
새 구두 몇 켤레마저 자연히 헐어

그만 신어도 좋을
닳고 오래된 유독 여러 족의 내 헌 구두로
우리 집 신발장은 넘쳐나
더는 수납 불가 지경이어서
깔끔하고 시원스레 비워야지 싶다가도
되짚어 제자리 놓기다

예복 성장한 외출 시에나
부대껴 부은 발 잰걸음일 때나
몸 맨 아래 자릴 감싸고 중심 잡아준 이력이
뭉클거리는 이야기로 살아나서인지
물 새어들기 전 조금이라도
볼품 나던 날 기억 털어내기 싫음일지

가끔 눈 준다

앞코 뒤축 살피고
종이 뭉치 디밀어 모양 잡아가며
비밀스런 못 생긴 발가락도 편케 한
정감어린 시간 속 체취
못 떨칠 애물단지 헌 구두.

한강을 건널 때

강물 중앙에
태양이 짙붉은 물감으로 풀어져 잠겼다
한강물 수면 위론 건물 그림자
희뜩희뜩 빛 비늘 이는 오후

철교의 삼각지지대 어른어른
그 뒤쪽으로도 몇의 한강다리
커다란 그림 폭 원근 화면이다

누차 익숙하면서 낯선 새로움이기도 한
1호선 전철로 한강을 건널 때 선사 받은
내 즐겨찾기쯤의 관망 다채로운 전경

오늘 가야 할 인사동 카페의 풍금
흑백 건반이 잔물결지고
언뜻 카프리 호수 뱃멀미 어질하다

죽음과 생존과 명리의
원초 붓질 유구하게 이어 흘러라
설익은 내 유추와 관조가 순식간이다

떠있고 흐름의 철칙을
아리송한 수심에 빗대어
마음 바닥 노 저어 본다
한강을 건널 때.

무를 먹으며

삼분의 일 남짓
선명한 연둣빛 아래로
뽀얀 몸통 매끈한 껍질을 깎아내고

물에서 갓 건진 겉빛에
수분 자르르한 속살 한 입 베물면
사각사각 씹는 이 사이론 맵콤 달콤한 즙
톡 쏘는 향은 코 속 머릿속까지 파발을 띄우는데

언덕배기 무밭 지나는 하굣길
성글고 허름한 셔츠의 그 머슴아들
목 넘김의 매운 무맛에 불현듯
알싸하게 찡한 눈물로 핑그르르

저녁 답 불그레한 낯의
아직 임플란트 심지 않은 제 이(齒)로
흙 묻은 무 껍질 쓱쓱 벗겨 줄지 모를
옛적 악동들 소식 수소문해 볼까 싶네.

• 김철기 제10시집

붓 당기는 날

먹물 헹구어 말려
붓발에 고이 말아 둔 것은
민망함이 덜하다 할까
돌아서서 곧바로 다시 잡으려니 했으련만
물감째 말라붙은 접시는
시간의 먼지에 용도조차 불분명타

찍어다 붙인 갖은 이유로
얼마나 오래 밀쳐 두어
딱 영양분 빠진 머리칼
푸시시한 대중소 붓 다발 보다가

바람기를 부추기는 바람인가
꽃씨를 싹 틔우는 운김인가
한껏 내달아 부여잡고 싶은
손 안에 꽉 차오는 꽃가지네
뭣이든 펼쳐 그릴 붓놀림 절절히
신들리는 뜨거운 맘 생겨나는 당김

붓 당기는 날.

잊음에 훈련되다

Ⅰ

왜 내 것을 잃게 하고
아프게 한 사람에게
상처받고 혼절했던 만큼
맞닥뜨려 되찾아볼 오기
그렇잖음 분풀이 응징조차 못했을까

한시절 누린 안락과 부의 상징
가시화된 나름의 자존심에
걸맞은 규모의 저택에 이어
비중 큰 물질들을
타의로 억울하게 놓치면서
꽤나 증오와 원망으로 허우적이던
잊힐 리 없는 실상

꿈의 목차들이 뒤죽박죽
깡그리 분산되기도 하며
생존의 짐 실감케 한 인과를
내 탓도 반이려니
제풀에 각 허물며 잦아들어

뼈 없이 잊음만을 훈련했는지.

Ⅱ

이 시대 부적
소수점 미만 수익률에도 민감한
일반 범사 경제론이 으뜸인
냉철한 계절에 뒤섞이다
벗은 나뭇가지 징징 떨며 우는
어둠 짙은 시각의 귀가 때다

승강기 기다리는 짧지만 긴
목덜미 아리도록 진저리쳐지는
당최 덜 수 없을 만한 추위
온몸 매운 한기이련만
차차로 여운조차 엷어져 잊히다

정녕 비길 수 없는 내 혹한기
놓치고 흘려 보낸 통분의 상실감도
시간을 매질하고 다지면서
잊음에 훈련되었나 싶다
그래, 인간사 거지반 잊음에 훈련되다.

숨고르기

젊은 혈색은
뜀박질도 싱그럽건만
늦추면 좋을
나를 포함한 연배조차 대개는
질주하는 모습 역력하다
버거울 만큼 그토록 바삐
달릴 수밖에 없는지

자신의 폐활량으로
속도 조절하기보단
혹 타인에게 뒤처짐을
자기가 알아채기 두려워는 아닐지

수명 연장 평균치의 잔여 내일이란
지나온 어제보다
썩 나약할지 모를 예견이
조급증을 부추김일지

연유야 줄대기 나름이겠으나
뇌세포 구석, 혈류의 줄기

수족의 끄트머리
죄고 늦추고 펌프질이
쉼에 목마름엔 분명하다

혼부림 치열하게 움켜쥔 절창의 시간
불뚝거리던 활성의 매달림에서 놓여나
쇠잔하게 다가설 가엾음조차
초연하게 수용할
숨고르기, 숨고르기 때를 붙들자.

내 안엔

내 안엔
나만 있는 게 아닌 것을.
때로는 신의 숨소리
화해의 몸짓으로 옳게 세우다
더러는
생김새도 되짚어 그릴 수 없는
악령의 발톱일까 날카롭기만 하다
끄집어내어도 줄지 않는
번민 타래
그 중에서
그대 나잇살쯤의 군더더기 애중이
평온의 훼방꾼으로
질기게도 보대끼는
내 안엔
파고波高 갈앉은
고요만을 둘 순 없을까나.

잠을 청하다가

감은 눈에
생뚱맞은 밤바다다
캄캄하다
가만히 다시 보니
순전히 캄캄한 것만 아니다
약속이라도 한 시차로
허연 포말 띄엄띄엄
빛의 그래프

솟았다 내렸다
위사 경사 엇바뀐 밑실로
써지고 묻히는 모를 사연이다
잠을 청하는 심안에 펼쳐진
밤바다엔
일련의 환청 덤을 얹어
어둠을 주눅 들이는 두루마리
빛의 교차.

따돌리는 언어

언제부터였지
시 줄에서
'사랑' '그리움' 이란 말
절로 써지려 하면
의도하고 조어로라도 피하고
따돌린 것이

시작이고
종국에도 이르러야 할 간곡함이라서
그러면서 갈수록 요원해
다다랐다 싶음 새나가는
내 미완의 한계를 터득함일까

사랑의 언어가 튀도록
드러내던 초기
아득히 지나
딴엔 노숙한 체하려는 이제도

사랑심 콩콩 뛰는 설렘
감량되지 않은 목마른 그리움이어서

의중 비켜나기 노련치도 않아
써지면 지워내
한사코 따돌리는 언어.

쓰린 기억의 돌출

주방으로 침입한 나방 한 마리
양미간 안경을 스쳐가 놀램 결에 소리친
내 비명에 불거진 난장판
이 방 저 방에서
일시에 뛰어 나온 가족 전원

적군 축에도 못낄
나비보다도 작고 못생긴 나방의
예측 못할 진로에 따라
엉거주춤 움츠리기도 하고
말아 든 종이 막대로
창 쪽 밀어 쫓는 공격도 하다가

예 제 부딪쳐
제 몸 분가루 날리는 나방 날갯짓엔
군제대도 한
믿었던 머슴아조차 혼비백산

십상 내 겁보짓
첨부터 까짓것 어찌 못해 사단을 내기나

• 김철기 제10시집

좀 나으려니 한 가족
잽싸게 처치 못해 주는 소동 물색없기는
하찮은 미물의 목숨 하나 놓고
이 법석 이 판에 하필

내 평생 가장 모질고 독했지 싶은 결행
생명을 지웠던 인공유산의
그 쓰라린 기억이 돌출되다니
당시 구실이 제 몸 속 목숨 바꿀 절실함이었다 해도
죄책감 동반하고 따라붙는 무한 쓰린 기억이
나방 한 마리 못 죽이는 이판에
고개를 쳐들고 돌출하는 걸까.

127

쓸모도 떨치지도 못할

느닷없이 곁 한 사람
점잖게 바둑 채널만 집중함이
서운타 못해
노여움 사무치다

학창시절 기숙하던 응암동 시고모댁 동네
물난리 만나 어른 아이 물푸기 전쟁인데
책상머리에서 미동도 안 했다는 일화를
연애시절엔 참 학구적이다 했다
결혼 후 심곡동 큰 집 살 때 늦가을 밤 찬바람 소리에
베란다 화분 얼릴까 걱정의 말에
내일 사람 사서 들여놓으랬다
사업에 정신 쓰니까 했다

앉음새는 근사한 선비에 손 까딱 않고
옆 사람 동정動靜이라곤
열 살잡이만큼도 살필 줄 모르는
지난날 밉상이 바둑알 숫자로 줄 선다
학구적이긴? 사업에 정신 쓰긴?

한 번씩 두통 들이닥치는 급의
화덩이를 제공하면서도 완전 평안한 그
겪을 대로… 이제 와서… 안위해 본들
노여움의 갈래 늘여 제 살 깎는
쓸모도 떨치지도 못할 몹쓸 증상.

오후의 단상

익을 대로 익은
오후의 해가
발코니 그림액자 유리에
고광도 불 우물 깊숙이
빛 분수를 뿜어내어
동공에 한 번 찔리면
한동안 눈앞에 동그라미만 둥둥
어둠 아닌 어둠인데
때 아닌 관찰심 발동으로
피하다
각을 바꾸며 마주보기를 하다
몇 번 실없는 짓을 하는 동안
액자 속 불 우물은 비껴나고
잔광마저 슬며시 제빛 거둔다.
살아오면서 이렇게 저물려 보낸 날
불꽃 오전 볕도 길다 싶진 않은 터에
오후야 어지간히 빠를까
나이 닮은 오후 빛살 뒤 꼭지 따라
이런 저런 단상斷想이 갈래지누나.

바라만 보아도

아카시아 꽃 피는 철엔
허옇게 꽃사태 졌고

생목生木 짙푸르게
녹엽 갈기 뒤흔들어 번득이더니

듬성듬성 화롯불 지피다가
어느 결에 자동차 등판까지 벌겋게 엎어 부었다

멀지 않아 골짝마다 뭉게구름 겹친 형상
덕지덕지 눈(雪) 덮어 쓸

아파트 주차장 담벽 위
사철 마주선 가파른 山, 산자락

때때론 산봉 떠받쳐 온달 반달 멈춰 세우고
속사랑 맘깃도 쉬 풀게 하는

내 숨쉬기 반의 반半 산소 돼 주고
된 혼부림도 숨 고를 넉넉한 품이 되느니.

날 흐린 저물 녘

그 파랗던 하늘빛을
어떤 큰손으로 둘둘 말아 갔을까
안개 색을 머금고
꾹 누르면 어디서라도 비 쏟아내겠네

날 흐린 저물 녘 아니어도
해질 녘 도심 밖은
온통 젖은 스펀지 펴 논 습한 기운이든가

함초롬한 들풀 무더기에서 잠시
고만고만한 허드레 추억 주워 볼까
그마저 설레발치는 어둠에 가슴 축축하다

어쩌다 당면하고 통과하게 되는
자동차 앞 유리에 그림자 한 가닥 없는
이 뭉근한 시각의 귀가길
재게 못가면 그냥 느릿느릿 가보기도 하자.

• 김철기 제10시집

명절 뒤끝

몇 차례 되지진 부침개 모양새로
흐늘거리는 몸뿐인가

왁자하게 쏟아낸 음결이
고층 현관 문밖 엘리베이터로
부피 큰 수거함 분량 실려 나가자
지체치도 않고 공허가
거실 가득 밀물져 드나

이후 또 얼마나한 시간
제가끔 삶의 끈끈이에 들러붙다
민족의 대이동 새 명절이 되면

윗대가 살던 향리를
예전 내가 갈 때 몇 날 두고
켜켜 부풀리고 엮던 비슷이
바리바리 가족 촌수 꾸러미마다
절군 입담까지 담아 들이밀려나.

6부

그와의 소통은

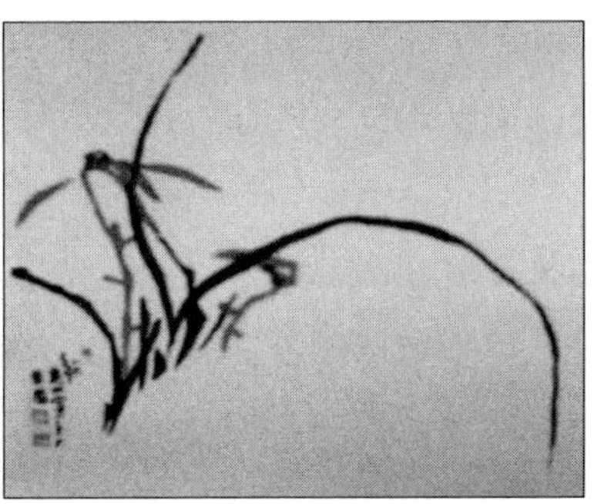

그와의 소통은

속이
생각이
서로 다를 수 있다지만

헤아림도
방향도
예나 시종 딴판인 그와

섞어 뭉쳐질 여지라곤
낱낱 따로 꽂는 송곳날
소통의 물꼬 틀 길은 오롯이 남아.

별난 사이

이쯤
이나마 곰삭기 전엔
숱하게 할퀴고 흠집 낸
별 모진 짓조차
사랑이라는 허울로 집착했으리

오랜 날 곁해 오면서
장작불 탁탁 튀는 절절함
생소나기 눈 못 뜰 날벼락에
흔하기도 했던 눈물마저 이제 마르느니
남았다면 완전 털어내지진 않는
몇 가닥 앙상한 스토리

불쑥 욕조에 한 줌 배인 체취로도
돌림병 도지는 화근 일면
온갖 탓 덮어씌워 비장의 선서
해체만이 구원이다
죽을 작정 외치다 보면
어딘가 한데 묶여진 다발
가장 길든 파트너
우린 별난 사이.

잊기엔

너를 안 시간을
하루에 하루씩 잊자면
내게 다가올 날
송두리째 바쳐야 할까 싶어
하루 한 달 치씩 잊는대도
한 달에 삼년 것도 못 잊겠구나.

어느 결에 그 많은 햇수를
맘자리 깊은 안쪽에
매김돼 있는 널
단숨에 뭉텅 도려
들어낼 수 있겠는가만
무작정 무조건 잊어보자 쳐

그런들 잊기엔
시시각각 갖가지
너와 날 줄곧 붙여
따로 놓을 예습 안한 시간 땜에
저며 오는 상혼 지독히 깊고
숱한 질량의 난삽함이구나.

눈발 속으로

눈발 날리는 가로등 밑에서
시간을 삼키는 한 남자
내 집 쪽 눈빛 꽂고 서성임 본 적

그 낯빛 눈바람에 시릴까
발길 동동거려 시간을 맴돌던 여자
내디뎌야나 들여야 하나 안달한 적

펄펄 흩뿌리는 눈
바람결에 쏠리는 시간 밖으로
윤곽 뚜렷하다가 그림자였다가

무색의 허허로운 깃발
난타의 여운 혼부림의 옛날
오늘의 눈발 속으로 마냥 나붓거리네.

저 방이 비었다

저 방
멀쩡하던 퀸 사이즈 침댈 버리고
그가 병원용 전동침대살이
2년여 동안
집 안팎 내 수고가 가볍다고
납덩이를 얹어 주나 했는데
한 수 더해
구급차에 실려가
중환자실 일주일 째
대놓고 흘긴 눈 하더라도
방에서 인기척 있던 날이 나았다

저 방이 비었다

중환자실에서

생전 처음 요청한
119 구급차에 그를 태워
응급실행
마라토너의 숨 가쁨으로
몇 검사실을 거치느라
보호자로 불리는
아들도 나도 반혼이 빠졌는데
가족의 면회조차
시간이 제한된 중환자실로 간 그
한 때는 상아탑의 푸른 시간
타국의 전장戰場, 회사의 윗자리
아니 가족을 껴안았던 눈부신 가장인 그
별안간
언어의 반실半失
육신이 부자유해진 참담함에
만감 천 마디 말을 대신하나

그가 운다.
까무러치게 그가 운다.

고공비행
— 감동 스케치

절대 고독
절대 환희
절대 무아
혼절할 극의 경지

어느 높이로는 직진하여 흰 선을 뿜어 긴 꼬리를 남기고
아득히 구름 속으로 묻혀 가는가 하면
유연하게 좌, 우회전 나뉘기도 하고
승객의 눈엔 선도 신호등도 보이지 않는 비행길을
빠른 시차 간격으로 쉴 새 없이 잘도 날아 떠가는 고공비행 노선
의지대로라고는 제한된 식음을 먹고 배설하는 한정된 공간
색다른 사고思考만이 가능할 뿐인
아주 기초적이고 축약된 자유 가운데
내 가게 될 삶의 도정 겹 사진으로 어리며
울컥 지나온 길 돌아보는 자성自省과 향수鄕愁 바이러스
그새 별난 여독旅毒이든가.

기내에서 아침을
— 감동 스케치

수억의 양떼가
빈틈없이 몸을 비비는 고공高空
바다요
구름밭이요
넓기도 한 빙판이요
도타운 목화 솜 모자이크
얼음 꽃문양의 탄성 뛰어난 카펫이요
무한 우주간 또 하나의 층계
기내에서
동트는 아침노을로 낯 훔쳐 말갛게
때 벗은 새(新) 태양
눈 시다.

고대 건물 사이로

― 감동 스케치

타국의 이질감이 상쾌한 유럽
로마 이태리 스위스 파리 런던…
그마다 특유의 언어를 굴리는
즐비한 고대 건물 사이
낯설음을 좁혀 보는 음색이 겉도나

언젠가 덕수궁 부근에서 미술관 길을 묻던
노랑머리 코 큰 남자와 나눈
만국공통어 보디랭귀지 아스라이 웃는데
역사서적 아니면 여행광고 화보였던
눈 뗄 수 없는 고대 건물 사이로
리얼 볕이 담뿍 내려앉았다

수백 년 절은 고딕 건축물
성당이며 궁전이며 박물관
눈 끌리는 고대 건물마다
말 없음이 깊고 깊은 말로 전해 오고
손끝 여문 옛 이
이어오는 긴 숨결도 속 파고들어

순례길 종아리 저리고 당긴 통증쯤이야
신발창에 오그려 넣고
발걸음 걸음 다부지게 디뎌
석판화 돌문양 하나라도 더
보고 싶은 바람(望) 충만한
고대 건물 사이로 바람(風)은 현재를 맴돈다.

몽블랑의 바람
― 감동 스케치

하늘과 바다가
맨 첨엔 하나의 연결 색이었을까
익히 보던 가장 파란 동해가 들어 올려져
알프스 영봉 위에 펼쳐 있고
더 이상 표백될 수 없는
파도보다 흰 빛은
태초 어머니 가슴 빛이었을까

설雪 산山의 정상
가파르게 흘러내린 빙하에서 인 바람은
눈물 감돌도록 아찔한 황홀감마저
송두리째 뒤흔들어
고산의 증후와
속 메스꺼운 울렁거림 범벅
중심 잡을 수 없음조차 송구한 경관 앞에

앞선 여행자도
숱한 시어詩語를 뒤적여
생생한 한 구절 뽑을까
실경 한 폭이나마 그려볼까

타는 복장 여북했으리 싶은
경탄할 신의 대작 풍경화에

잠시 부동의 점으로 갇힌 내
안속으로 스며드는 서릿발 세운 바람아,
몽블랑의 바람아!
이 벅참 뭘 알고나 창공을 휘돌아
군더더기 티끌 하나 없는 청량함 그것이냐.

파리에서 런던 가는 유로스타를 타고
— 감동 스케치

아직 눈에 삼삼한 채 멀어지지 않은
하야디 하얀 알프스 눈 벽 층층의 모습으로
높은 구름 몇 겹 아래엔
긴 팔 쭉 뻗으면
보들보들 뜯어낼 높이의
구름 떼

초록의 드넓은 들판 위론
뭉실뭉실 운하에 운하
호수와 마을과 온통 길손의 눈 끄는
바다 안의 대륙
파리에서 영국으로 가는 초고속 열차를 타고
대형 걸작 그림 폭 내가 안고 간다.

사원의 한 녘에서

둘러친 겹겹의 산봉마다
운무 연무인가
봄 물 솟음 풀 기운인가
수묵 능선
열 백 번 붓질로도 성 덜 차던
담채색 구렁마다
피어오르는 봄숨이
아롱아롱 아교 번짐 절로 엉키고
줌 렌즈 당기면
뽐내는 풋 잎들 해죽거려
겨우내 숨죽였던 맘 속 손놀림
본을 떠 온 산 휘둘러
선線으로 살아나네.

오월의 숲을 보노라면

딱 이맘쯤에서 더 짙어지기 전
연푸른 숲은
소싯적 그대 윤기 도는 이마
바라보고 또 보노라면
숨 쉬는 팔팔한 언어들로
가슴 시려 눈물이다
아마도 안으로는
푸른 눈물이 고이고 있을 거야
고이다 넘치면
언제고 수액으로 분출할
풋정의 촉촉함
그대 이맛전 숨 쉬는 언어가
젖은 눈 가득 팔팔 살아 보인다.

•김철기 제10시집

가을 나들이 한 녘

금빛 햇살
숱 많은 은행나무
노랑물 절정의 짙음

단풍 붉게 타다
불꽃으로 멈추거나
흩날리거나

저마다의 색을 뽐는
산 아래 물레방앗간 에워싸고
낮 후 농익은 웃음소리 높여 버무리며

제만큼 '메밀꽃 필 무렵'
끝내 책갈피 깊숙 감춰두려는
이야기 한 줄씩 슬쩍 떠올림인지.

꽃뜰

복중伏中의 열 기운이
베란다엔들 극한의 고온 속
지난 겨우내 만발했던 꽃 지우고
진초록 잎만으로도
족히 벗 되어주는
여남은 난분의 내 꽃뜰

그 중 시들하게 잎도 성근 틈새
꼭 그리움 간절한 연인의 도톰한 입술
붉은보라 꽃송이
…다섯 여섯…
전혀 기대 못한 이모작의 소출이랄까

덤으로 휘어진 가는 꽃가지
끌어안고 다가들어 붙박인 시안에
점점 꽃 입술 겹치는
현란한 착시 어른거리다
고온도 아랑곳없어라 긴 입맞춤의 꽃뜰.

7부

바람

바람

단지의 바람벽에
아름드리 봄바람이 들고 나는 사이
미처 피는 줄도 몰랐던 벚꽃은 벚꽃대로
백자목련은 목련대로 낙화 꽃바람이다
한 번 쯤 바람나 바람피우고픈
유효기간 종료되지 않은 바람
서툰 바람잡이에게라도 홀려 들까
마음은 바람 가득 불어 넣은 풍선의 팽팽함으로
춤바람 스텝의 옷자락 신바람으로 날리며
도심의 바람에 휩싸이다
심통스런 황사바람 들뜬 바람끼 눈치채고 콧바람 쳐
내숭 들킨 바람에 이내 바람막이 찾아
긴 지하보도 층계를 오르내려 딛는 걸음
언제부터였나 아니 본디 타고난 약골이라든가
골밀도 마이너스 수치 떠올리지 않아도
복숭아뼈 정강이 무릎 찌릿찌릿 시큰시큰
바람 든 무다리일런가 다리뿐이랴
천정 에어컨 환기 풍에 통로 맞바람
저만큼 전동차가 일구는 바람 뒤엉켜
지상 지하 없이 멋내기한 바람머리 헝클고

늦바람 철들라 가슴엔 샛바람 깃 세운다
다 못 펼친 바람(望)일랑
남 모르는 풍風 벽 포켓에 실크 꽃수건 접어 건다.

충전중입니다

주인의 한 손 안에 드는 작은 체구로
빡빡한 일정 최일선에서 숨 가쁘던
된 몸을 가까스로 뉘어
숨구멍 하나 열어 호흡기 꽂고
재연명할 에너지를 충전중입니다

송수신 목록에 분류된
빼곡한 숫자 배열 다양한 만큼
음색 다른 육성이며
예전 '지급전보' '속달등기' 급
초 다툼 긴박감의 부호 섞인 문자며
저마다 관계설정 비중 다른 사연
오간 기록에 영수 확인도 가름하리

어느 땐 포토에 지리도표
또는 자명종에 계산기…
주인의 건망증으론 진즉 잊을 법한
퍽 오래 전 대소사 다가올 행사시각
실시간 나라 안팎 검색도 많다
일정기간 저장량 비워내는 몫도

• 김철기 제10시집

방전을 거들었을지

점차로 노후의 징후
자주 맥박 끊기는 신호음에
신열 주기도 당겨져
작은 몸 후끈댑니다
고유 침상 충전기에 숨줄 맞대고
재활을 꿈꿉니다. 충전중입니다.

선택

15XX-0000
오늘 내가 선택한 전화번호에서
"빠른 말 서비스는 0번, …직원을 통한 송금은 9번"
또 다른 선택을 요구한다

얼마나 많은 선택이란 필연의 과제
갈래길에 서서
이런 저런 속심으로 망설였을까
단지 태어나는 선택은 제 몫이 아녔겠지만

한 생명으로 이름 매겨지는 순간 이후
억지스런 떠밀림이거나 자연스럽거나
또는 절대 절체의 긴박함으로
참 성장 보람 득리 쪽
아님 상반된 추락과 강등의 교차
늘 선택이란 고심에서 비롯했을 터

다 기억조차 못할 지난날 이어
현재의 선택에 신중할 뿐
훗날도 당착하고 어떻게든 치러낼

행불행 극명한 선택의 기로에서
온전히 자유로울 수 없는 목숨이렷다.

이미 빠져들다

눈 뜨면 개문환기보다 먼저
구름 너머로 화살촉 쏘아 올리는
팽팽한 손맛
뇌파에서 손끝까지 지령이 전달된
광선의 속도에 친숙한 습관으로
'엔터' '확인' 키 선택 대문 열면
상상을 넘는 무한의 우주다

지상에서 몇 백 년 아님
몇 억불의 대가를 지불해야 보유하고
때 없이 넘나들 수나 있을지 모를
경계 초월의 그 넓은 공간
가상과 현상의 세곌 쫓고 누벼
여행이거나 머무는 데 그리 오래지 않아
이미 중독성 하나 더 보탠 침몰이다

돌고 돌다가
어느 날 옮겨놓은 꽃모종 가득한
혼부림의 내 경작 밭에 들면
누군지 다 모를 방문객

• 김철기 제10시집

밭고랑 드나드는 발길 수 늘어났다 늘수록
애초 반갑기만 하던 맘에서
이내 겁나고 두렴의 동일 무게다

원초 내밀한 가슴 드러난 언짢음과
제대로 더 보여져도 좋을
다른 한 편 속성 범벅 되어
역시 얼마쯤 재밌고 얼마쯤 허탈한
현재인지 미래인지 어질어질
착각 착시의 별스런 지대에 이미 빠져들다.

배 광고를 보며

'고민 없이 선택했다
유기농 배'
지하철 내 벽 광고판 한쪽

박스 테두리
신선함을 강조한 푸른 선에
초점 꽂혀 한동안
눈 깜박임도 멎은 채 보노라니

달리는 속도 따라
푸른 선은 흔들리는 먼 수평선
어느새 출렁출렁 파도 이는 해상
둥그런 배를 타고 미끄러지는 바다여행이다

꺅꺅 해조음이 스치고
작은 섬들도 지나가고
고국 떠나 하늘과 바다 맞닿은
까마득 낯선 외국 눈부신 항구가 다가오고

순간 밥때 놓친 배 안의 신호

• 김철기 제10시집

심하게 꼬르륵 하는 통에 퍼뜩
푸른색 테두리 제자리에 네모지고
금빛 배 베어 물고 싶도록 뚜렷하다.

시인의 시간 부재

이즘 내 안에 몹쓸 헛바람이 들었나?

일생에서 가장 바삐 활발타 할
두 아이 학부모단체 대표 일하면서도
창작 발표에 게으르지 않았다 싶다
국내 88올림픽 개최 후부터
골프선수 박세리의 세계 제패의 열기 속
스포츠 캐주얼 의류사업이 대세라 할 때
체인점 업무 몸 뉘일 틈 없었고
고가의 수입의류점 확장까지 시간이 올인되었거나
IMF라는 초유의 고역 난입한 시절에도

혼신으로 틀어잡고
잠결에도 행간을 꿈꾸는 몰입
매 시간 창작을 향한 시詩와의 연통
시인의 시간에 집중한 결과물 시집 상재 힘썼는데

시인의 시간 부재다. 이즘

어느새 일상이 돼버린 인터넷 공히 서너 시간 넘고

온몸 근육통 뒤틀어가며 폰에 매달리고
티브이 프로그램 뉴스 예능 드라마 할 것 없이 챙기랴
놓친 재방송까지 섭렵하다 불면의 악순환이다
완성 없는 살림살이에 사람 치다꺼린 또

알면서 못 떨칠 습관
중독성을 포함해
최소한의 수면 뺀 시간 잡아먹는 헛것에 끌렸다
만성 장기화를 예방할 특진의 요청
시인의 시간 부재 조율이 시급하다.

화요일, 그녀에게 빠지다

꼭 마무리해야 할 일손조차
손 놓게 하고
그예 눈을 맞추고야 말게끔
신통히도 끌어당기는 흡입력
이태리 파리 패션쇼에도 그 이름 화려한 브랜드
아니 고품격 소재 디자인 색감
오늘 내 취향 고스란히 꿰뚫은
그녀 퍼플 라벨 특징에 꽂혀
어느새 네크라인 깃이며 팔소매 실루엣
스티치 봉제선 부자재 단추 하나까지
어쩌면 내 안에 웅크리고 있었을지 모를
그녀와의 공감각이 고무되어
이미 명품의상 모델이 된 워킹
시청역 앞 또는 박물관 아트센터 살아 움직이는 그림
절제할 수 없는 구매욕 상승이다
한 쪽의 나는
'소비도 잘하면 소득이야
백화점 갈 돈과 시간 버는 거다'
또 한 쪽의 나를 향해
'너 중독이야, 그것도 중증이야'

홈쇼핑 질주에 브레이크 눌러대지만
1:1 만남 한 번 없는 괜찮은 디자이너
용케 놓치지 않은 시간대 TV 화면 맞대고
눈 반짝이며 그녀에게 빠지다.

이즈음엔

물 줄 때 늦은 폴리샤쓰 화분에 분무한다
잎사귀 닮은 나비리본
브로치 또는 타이가 잘 어울리는 사람들
코드 맞아 어울리던 시간이 잎 사이로 비끼다
이즈음엔 종종
보고 싶은 사람 많다
하고 싶은 일도 많다
생뚱맞지만 우리말 겨루기 퀴즈라든가
모던댄스 또 뭐든 하고 싶은 일 많은데 비해
날과 달이 하 빠듯하여
시간 빠르기로는 유수라던 옛 다름없다
더구나 약속 뭉개는 미운 사람에다
소소하게 싫은 일 생겨 늘어가
축난 시간 쪼갤 여분도 없이 쫓기다 보니

추려서 만나야 하고
가려서 일해야 하고
소심하게 내 드나드는 마당
점점 손바닥만 할라 싶다

문득 패키지여행 때 이탈리아 피자집
큰 손바닥만한 피자를 날라다 주던 푸른 눈의 남자
대학로 더 멋진 이태리 피자집 분위기
기억의 간극을 비집어
잠시 슬로우 모드로 급한 맘 늦추나
보고 싶고 하고 싶고를 서두른들
데면데면할 수 없이 무지 치열해야 하는
산다는 거 원願 대로만 아닐 터
모두는 지나갈 뿐인
찰나의 바람이랴 강물이랴
한순간 낮달이려나 해야겠다.

시간을 되돌려

스스로 아프기 싫어
나름 운명의 인연이다 시간 훑어
그 만나 빚은 만상이 그래도
헛되진 않았느니 했다 말았다
온전히 그랬다 하고 싶어
시간을 되돌려
절대 불가한 시간을 되돌려
그 때라면

그도 날 향한 해바라기
목마르게 따라 도는 몸짓 더했지
풀어 헐겁게 믿어줄 걸
어쩌다 안팎 달랐던 꼬투리 못 지우고
일마다 맘속임 연출일까 봐
한 뼘 거리 뿌리치고 밀어내며
상처만 덧내 피 흘리지 말고
그 있어 설렘 멎지 않았다 할 걸.

지하철 풍속도

노약자석은 늘 노인들로 만석
대부분 장거리 무료 승객이란다
일반석에도 늙수그레한 승객
종종 질펀한 대화에 통화 내용도 흘려
종이책 펴든 귓전이 조용치 못하다
젊은이들은 앉았거나 섰거나
펜 대신 꼬챙이나 손가락 밀어 스마트 폰 작동
게임이든 스포츠 음악 영화 트위터 열풍이다
저마다의 집중에 간혹 빈자리 절실한 사람
알아볼 리 없다
쾌적한 여행을 위한 준수 사항과
몇 개국 언어로 승하차 환승역 안내 멘트
그 틈바구니에서도 깜짝 장사꾼이 들고 나고
찌푸리는 이맛살 아랑곳없이 예수님을 들먹이고
미심쩍은 전단지 꽂고 지나는데
또 하루 끼익 덜컹덜컹 쭈르르
레일 위 몇 량 지하철 인연 알게 모르게 스치나.

삶의 비의悲意에 내재된 순명의식

김광기
시인 · 아주대 강사

일상적으로 삶을 운행하는 과정 속에서 시인은 예민한 촉각을 곤두세우며 삶에 동반되는 다각적인 의미들의 진정성에 대하여 잠잠히 관찰하거나 묵묵히 성찰하는 태도를 갖는다. 그렇기 때문에 삶의 운행에서 분출되는 다각적인 현상들이 제각각 돌출되거나 현상적으로 다양하게 표출되지 않는다. 그것은 마치 잔잔한 파도와 같이, 아니 잔잔한 바람결에 흔들리는 호수의 물살과 같이 적요 속에서 움직이고 있는 사유의 물결 같다. 또한 그것은 김철기 시인의 의식에 잠재되어 있는 아득한 추억의 끝에서 무심결 속의 창공을 지나며 비행기(쌕쌕이)가 몇 가닥의 선으로 수채화를 그려서 묽게 퍼지고 있는 듯한 잔잔한 여운을 남긴다. 그러한 분위기 속에서 왠지 모르게 울컥 올라올 것 같은 삶의 기운, 삶의 내음이 각각의 현상들에 담긴 의미를 음미하게 하며 존재의 본질적 의미나, 존재에 따른 서사적 의미에 대해 다시 생각하게 한다.

서사는 시인의 삶의 과정이기도 하지만 시인이 성찰하는 대상인 객관적 상관물에 담긴 의미가 확장되어가는 과정이기도 하다. 이러한 과정들이 시인의 주술적인 행위에 따라 움직이거나 수채화처럼 펼쳐진다. 때로는 그것이 비의悲意적으로 펼쳐지기는 하나 경쾌하고 밝아서 희망적이고 역동적으로 보이기도 한다. 그러나 시인의 태도는 겸허하다. 삶에 내재된 비의가 있으나 시인은 삶에서 분출되는 모든 현상에 감사해 하며 삶에 내재된 서사적 의미들에 대하여 순간순간 다시 성찰하고자 한다. 그것은 시인 자신뿐만이 아니고 모든 사람이 함께 성찰해야 할 과제라고 생각한다. 그래서 시인은 삶에 내재된 순간순간에 표출된 현상들의 의미를 천명으로 인식하며 순응하고자 한다.

또한 그것은 시인의 중심뿐만이 아니라 주변까지 움직이게 하는 역동적인 힘의 원천이 된다. 그래서인지 온유하지만 강하고 강하지만 온유한 시인의 묘한 분위기를 연출하는 시적 텍스트는 시인의 주술처럼 꼬리에 꼬리를 물고 동심원으로 퍼져 나가고 있다.

절대 고독
절대 환희
절대 무아
혼절할 극의 경지

어느 높이로는 직진하여 흰 선을 뿜어 긴 꼬리를 남기고
아득히 구름 속으로 묻혀 가는가 하면

유연하게 좌, 우회전 나뉘기도 하고
승객의 눈엔 선도 신호등도 보이지 않는 비행길을
빠른 시차 간격으로 쉴 새 없이 잘도 날아 떠가는 고공비행 노선
의지대로라고는 제한된 식음을 먹고 배설하는 한정된 공간
색다른 사고思考만이 가능할 뿐인
아주 기초적이고 축약된 자유 가운데
내 가게 될 삶의 도정 겹 사진으로 어리며
울컥 지나온 길 돌아보는 자성自省과 향수鄕愁 바이러스
그새 별난 여독旅毒이든가.

— 〈고공비행〉 전문

174

　　시인의 아득한 추억의 끝에는 비행기가 그린 그림이 있는 듯하다. "흰 선을 뿜어 긴 꼬리를 남기고/ 아득히 구름 속으로 묻혀 가는" 고공비행의 감동 스케치에서 시인의 어린 모습인 것으로 감지되는 화자의 어린 시절이 연상된다. 한적한 나무그늘 아래에서 푸른 하늘을 보고 있는 소녀의 눈에 '쌕쌕이'라고 불렀던 비행기 몇 대가 흰 연기를 토하며 곡예를 하는 것 같은 풍경이 비치고 있는 듯하다. 화자는 그 그림 속에서 출발하여 순식간에 도달되는 현실 속에서의 시간과 공간의 의미들에 대하여 생각한다. 지극히 논리적이고 현실적인 사유의 틀 속에서 "울컥 지나온 길 돌아보는 자성自省과 향수鄕愁 바이러스"를 떠올리는 것이다. 그것을 '여독旅毒'이라 정의하며 "절대 고독/ 절대 환희/ 절대 무아"인 "혼절할 극의 경지"를 생각한다. 고독과 환희, 그리고 무아無我로 승화되는 "혼절할 극의 경지"가 우선은 처절하면서도 독립적인 한 인간의 절대적 환경

을 인식하게 한다. 그리고는 절대적 자아의 숙성 의지를 지닌
한 인간의 절대 의지를 엿보게 한다.

아마도 시인은 여리고 여린 어린 시절의 추억 같은 '감동 스
케치'를 가슴에 품고 게딱지처럼 단단한 현실인식으로 자신의
여정을 이끌어 온 게 아닌가 싶다. 여리면서도 단단하고 단단
하면서도 여린 이러한 시적 인식이 다음의 시에서는 세대를
넘나들고 있다.

> 삼단 같았다고 했다
> 검은 공단 같다고 했다
>
> 한 땐 동백기름 자르르
> 가르마 반듯 쪽찌다가
> 펌도 하고 컷도 하고
>
> 귀밑머리 제비꼬리까지
> 은백색 눈부시도록
> 어머니 손거울 속에서
> 윤기 나던 머릿결
>
> 백세 가까워질수록
> 누운 자리마다 새둥지
> 가늘디가는 표백 솜털 들러붙어
> 거슬리고 성가시다고

난생 처음 삭발 가까운 자르기
말캉한 두피에 핀 검버섯 들어나도록
떨어질 무게조차 없는 머리칼 짠해
두상이 예뻐 어울린다 했더니
징 방망이 따로 없다 허허 웃으신다.

— 〈모친 머리 손질〉 전문

　위의 시에는 어머니의 생生에 자신의 생生이 동일한 현상으로 겹쳐지며 삶의 비의를 생각하게 하는 화자가 있다. 첫 연에서부터 마지막 연까지 오는 과정은 어머니의 삶에서 시인 자신의 삶을 반추하고 있는 것으로 보인다. 머릿결로 비유했지만 젊고 예쁜 어머니가 연세가 드시면서 예쁘고 고운 상징을 버리는 과정이 서사적으로 비쳐진다. 아마 누구나 그러할 것이다. 사람은 누구나 때가 되면 그 동안 귀중하게 생각되어 오던 삶의 과정들을 뭉텅 잘라 버려야 할 것이다. 아마도 화자의 어머니는 치매이거나 다른 병치레 때문에 수술이나 또는 다른 치료를 앞두고 있는 것으로 보인다. 죽음을 맞이하는 전주곡 같은 분위기의 참으로 슬픈 인간사의 한 운명적 과정이라 아니할 수 없다. 하지만 화자는 그러한 삶의 비의적인 과정 속에서 가슴이 저리지만 순명해야 하는 삶의 인식을 골계적으로 드러내 보인다.
　"떨어질 무게조차 없는 머리칼 짠해/ 두상이 예뻐 어울린다 했더니/ 징 방망이 따로 없다 허허 웃으신다."는 텍스트가 웃음 속의 비의를 생각하게 하지만 기쁨과 슬픔이 함께 공존하고 어머니와 화자가 함께 공존하며 더불어 동일화되는 요인으

로 비치기도 한다. 이러한 것을 시인은 세상을 분리시키거나
통합시키는 인식의 과정 속에서 자신만이 인지하며 감지하고
있는 또 다른 성찰의 요인으로 삼고 있는 듯하다.

　　　내 진행 차도며
　　　저 편 회색 아스팔트
　　　자동차 바퀴는 닿지 말아야 할
　　　황색선 두 줄 위로도
　　　잇닿아 내려앉는 눈
　　　지면에 닿아 녹기 전까진
　　　육각을 지닌 모습이었으리

　　　지상 어디쯤에서
　　　모습 지어져
　　　허공의 짧은 시간을 살아
　　　하필 열기 높은 차도에 내려
　　　찰나의 목숨을 사르는 것이냐

　　　혼부림을 다해서라도
　　　더 차고 외진 길을 잡았더라면
　　　동족끼리 몸 섞어 장수를 누리며
　　　제 이름 고산의 나뭇가지 위에 꽃으로 피우기도
　　　골짝이건 등성이건 온통
　　　부신 이름으로 덮을 수 있었을 걸.

— 〈눈(雪)〉 전문

　위의 시 〈눈(雪)〉에서는 존재의 본질이 어느 순간 소실되며 찰나의 시간에 사라지는 운명적인 삶에 관하여 성찰하는 모습을 보인다. 나의 길과 다른 사람의 길, 두 길의 경계가 뚜렷하다. 그리고 그 경계는 넘어서는 안 될 선으로 묘사되고 있다. 그러나 그 경계선에 내려앉는 눈, "열기 높은 차도에 내려" 사르르 녹는 눈은 찰나의 목숨을 사르고 있지만 그 근원은 분명하였으며 마치 이쪽과 저쪽을 운명적으로 이어주는 가교 역할을 하고 있는 것으로 보인다. 그것은 마치 이쪽의 생生과 저쪽의 죽음(死) 사이를 연결하는 살신성인의 현상으로까지 보인다. 하지만 고행의 도를 세워 "혼부림을 다해서라도/ 더 차고 외진 길을 잡았더라면/ 동족끼리 몸 섞어 장수를 누리며/ 제 이름 고산의 나뭇가지 위에 꽃으로 피우기도/ 골짝이건 등성이건 온통/ 부신 이름으로 덮을 수 있었을" 것이라는 화자의 탄식과 같은 소리를 듣는다.

　원리와 본질이 소중하기는 하지만 이 세상에 태어나서 좀 더 구체적으로 세상의 도를 터득했더라면 좀 더 이타적인 삶을 살 수 있지 않았겠느냐는 말이다. 이것은 화자가 이승에서의 삶의 진정성을 확보하여 좀 더 심도 있는 도道를 구현한다면 이타적인 이승에서의 삶은 물론 내생으로까지 삶의 의미가 확장될 수 있으리라는 믿음을 말한 것으로 보인다. 또한 그것은 화자에게 있어서는 찰나의 사라짐과 대비되는 영속적 삶의 지속이 이뤄질 것이라는 강력한 삶의 의지가 된다. 그러나 이러한 의지 속에서도 다음의 시에서처럼 몸살을 앓고 환청을 듣기도 한다.

많은 봄을 앓고 난 이즈막까지
계절 몸살 따위로
아지랑이 속 꽃눈에도
명치끝이 아릴 줄
처음엔 알지 못했다

바람으로 스며들어
살점 떨리게
세포를 따라 퍼져서는
숨 쉼에서마저 혼재하는
울렁이는 기운

잊었으려니 한 귀엣말이
물오르는 나뭇가지 부딪침에도
마디마디 환청이네
가슴에 묻고 다졌음에도 도질 줄
처음엔 알지 못했다.

— 〈처음엔 알지 못했다〉 전문

삶의 진정성이 돋보이는 기운을 시인은 명치끝에서 올라오는 몸살의 기운이라 말하고 있다. 또한 "계절 몸살 따위로/ 아지랑이 속 꽃눈에도/ 명치끝이 아릴" 것 같은 기운은 봄을 앓고 난 시인의 순박하고 고운 심성일 수도 있겠지만 "바람으로 스며들어/ 살점 떨리게/ 세포를 따라 퍼져서는/ 숨 쉼에서마저 혼재하는/ 울렁이는 기운"과 같은 시인의 염결성 때문이기도

하고 "가슴에 묻고 다졌음에도 도질 줄" 몰랐던 트라우마가 있기 때문이기도 하다.

　시인의 트라우마는 "내 평생 가장 모질고 독했지 싶은 결행/ 생명을 지웠던 인공유산의/ 그 쓰라린 기억이 돌출되다니/ 당시 구실이 제 몸 속 목숨 바꿀 절실함이었다 해도/ 죄책감 동반하고 따라붙는 무한 쓰린 기억이/ 나방 한 마리 못 죽이는 이판에/ 고개를 쳐들고 돌출하는 걸까."라고 〈쓰린 기억의 돌출〉부분에서 말하는 것처럼 시인의 의식에 깊숙이 내재되어 있다. 하지만 시인은 신체적이나 정신적인 상처가 요인이 된 트라우마에 갇혀 있지는 않다. 그것은 다만 비의悲意적 삶에 내재된 하나의 구성요인일 뿐이다. 더욱이 시인은 그러한 것을 포함한 전반적인 삶에서 비롯된 비의를 성찰의 대상으로 삼아 극복할 의지로 삼고 나아가서는 재생성을 갖는 또 다른 의미로 승화시키고자 한다. 그러면서도 묵묵하게 자신의 길을 가고 있는 모습이 다음의 시에서는 더욱 절절한 비의적인 모습으로 비치고 있다.

　　그 파랗던 하늘빛을
　　어떤 큰손으로 둘둘 말아 갔을까
　　안개 색을 머금고
　　꾹 누르면 어디서라도 비 쏟아내겠네

　　날 흐린 저물 녘 아니어도
　　해질 녘 도심 밖은
　　온통 젖은 스펀지 펴 논 습한 기운이든가

함초롬한 들풀 무더기에서 잠시
고만고만한 허드레 추억 주워 볼까
그마저 설레발치는 어둠에 가슴 축축하다

어쩌다 당면하고 통과하게 되는
자동차 앞 유리에 그림자 한 가닥 없는
이 뭉근한 시각의 귀가길
재게 못가면 그냥 느릿느릿 가보기도 하자.

— 〈날 흐린 저물 녘〉 전문

위의 시 〈날 흐린 저물 녘〉에서의 분위기는 오늘이라는 시점에서 삶을 운영하는 현재진행형 삶인 것 같다. 시인의 청춘시대와 같았던 "그 파랗던 하늘빛"을 운명적으로 다가오는 "어떤 큰손"이 "둘둘 말아"가고는 현재의 실정과 같은"안개 색을 머금고" 있는 상황에서는 어떤 하늘빛(心狀)만이라도 "꾹 누르면 어디서라도 비"가 쏟아질 것 같다고 한다. 흐린 날의 저물 녘을 자성自省적으로 바라보고 있는 시인의 현재 모습이 비쳐진다. 그리고 "꾹 누르면 어디서라도 비"가 쏟아질 것 같은 기운은 "온통 젖은 스펀지"를 펴 놓은 것같이 심각한 비의悲意적 삶이 내재된 현상으로 보인다. 그러나 시인은 자신의 길에서 유턴을 하거나 멈추려 하지 않는다.

"사람 길에/ 비뚠 길도 덤벼드는 이 있다면/ 꼬인 매듭 조여들기 전에/ 스스로 풀고 가자// 얼키설키 얽힌 실타래 혼재하는/ 우리 살아가는 길/ 내가 먼저 곧은 길 가면/ 팍팍한 길도 부드러이 열리려니."(〈실타래 촌〉 부분)에서 드러나는 것처럼 스스로 길을 극복하고 천명에 순응하는 태도를 보이고 있다. 이것은 "버겁게 곁줄기 밀고 들어도/ 밀쳐내기보단/ 비켜서 세 불어나는 융합의 뜻 헤아리라네.// 평상심으론 속 치밀어 더는, 더는/ 그런들 멈추거나 역류하지 않는/ 수심水心의 언어를// 걸핏 사람 관계에 이는/ 격랑, 풍파, 홍수, 해일 등/ 속살 경련할 원초의 자존 울컥거릴 때// 매번 몸 낮추고 여과함이 일상이라/ 나직나직 혹은 악센트 찍어주는/ 물, 물에게서 듣는다."(〈물에게서 듣다〉 부분)에서 보이는 것처럼 시인이 갖는 순명의식이 배인 삶의 구도라 할 수 있다.

이렇게 역류하거나 멈추지 않는 길에서 물이 가르쳐주는 순명의 의미를 생각하며 시인은 "이 뭉근한 시각의 귀가길/ 재게 못가면 그냥 느릿느릿 가보"자고 한다. 그리하여 시인이 도달하고자 하는 지점은 슬픔이 승화된 희망적인 삶의 고지이고 근본적으로 피할 수 없는 비의적인 삶의 도정에서 이룬 의미들이 언젠가는 재생되어 또 다른 삶의 의미만이라도 충만하기를 바라는 이타적인 삶의 도정을 이루는 것이다.

김철기(金哲起) 호 : 율원(栗園)

- 시 쓰는 사람, 혹은 시 쓰고 그림 그리는 사람 金哲起.
  호 : 栗園, 惠田堂입니다.
- 대학에서 지역사회개발학과 졸업(1970년)과 아주대학교 산업대
  학원 최고경영자 과정 수료(1995년)했으며, 1972~3년부터 작품
  발표 및 1977년 경기도백일장 장원을 하면서 문학 활동.
- 1982, 83, 84년 연 3회 경기도 인천시 미술대전 수상과 전시회 등
  한국화 활동.
- 1991년 1월호 월간 『文藝思潮』에 시 〈열대어〉, 〈강〉 외 시부문 신
  인상 당선.
- '96 문학의 해 시낭송대회 금상(최고상)의 영예로 낭송회 활동도
  즐깁니다.
- 시집 10권 :《한 點 꽃, 꽃의 사다리》(미래문화사, 1993. 4)
  《밤나무골의 햇살》(문예사조, 1996. 10)
  《소리에 색동옷 입혀》(한누리미디어, 1997. 12)
  《빛 한 줌》(한누리미디어, 1999. 11)
  《날 사랑하는 나의 記》(한누리미디어, 2000. 11)

《내일, 그 내일도 생생할》(한누리미디어, 2001. 11)
《빈 칸의 꿈》(한누리미디어, 2002. 11)
김철기 시모음《불켜기》(한누리미디어, 2003. 12)
《실타래 촌》(한누리미디어, 2004. 12)
《노을 순백으로 웃다》(한누리미디어, 2011. 10) 펴냄.
• 숙명여자대학교 도서관 및 한국디지털도서관 전권 전자화.
• 〈김철기의 서재〉 공람중이며 각 문학단체 사화집 수록, 심포지엄 세미나 참여와 꾸준한 詩作으로 혼부림입니다.

• 국제펜클럽 회원. 숙명여자대학교 도서관 세계여성문학관 회원. 한국문인협회 상벌제도위원. 경기도문인협회 제7대 심의위원장. 한국현대시인협회 이사. 국제펜클럽 한국본부 경기지역위원회 운영위원. 한국자유시인협회 이사. 청다문학회 이사. 한국경기시인협회 이사. 탐미문학상 시상운영위원. 서울시낭송클럽 상임위원. 부천낭송협회 회장. 한국작가회 중앙위원. 한국공간시인협회 중앙위원. 한국학술문화정보협회 이사. 한국문학방송(dsb). 한국시문학아카데미 예술회원 등 활동. 전국학교어머니회장단협의회 경기도회장. 전국학교새마을어머니회 부천시협의회장. 한국문인협회 문인권익옹호위원. 경기도문인협회 감사. 한국현대시인협회 중앙위원 이사. 한국지구시인회 사무국장. 부천시립도서관 운영위원. 부천예총 이사. 부천문협 부지회장. 문고 심사위원 등 역임.
• 한국자유시인상(제10회). 한국문예협회문학상(제9회). 해동문학상(제4회) 제1회 국민카드사이버문학상 및 탐미문학상(제9회) 본상. 경기도문학상(제13회) 본상. 2008년 한국시학상 등 수상.
• 백일장 장원. 미술대전(한국화, 사군자) 연 3회 수상. 낭송대회 금상(최고상).
• 시집 10권 외 시대사전, 명시선, 사화집. 회원 공동저서 발간 및 《현대 한국 인물사》《현대사의 주역들》수록.
• 시화전시회 한국화전시회 낭송회 100여 회, 작품 수백 회 발표.

- e-mail ; yoolweun@naver.com
- e-mail ; yoolwon1@empal.com
- http://yoolwon.kll.co.kr
- http//kcg.dreamsarch.kr
- H.P 010-4273-5025
- 주소 : 경기도 부천시 소사구 성주로 86-4(구 송내2동 450-1) 현대 고층아파트 103-1206
- 전화 : 自 032-651-3159. 事 070-4242-3159

김철기 시인 문학 예술활동 이력

2011년 10월 5일 김철기 제10 시집《노을 순백으로 웃다》상재
2011년 부천시낭송협회 시낭송회(부천역사문화관)
2011년 『부천시인』 제5호 시 발표
2011년 『경기문학』 시 발표
2011년 수주문학제 수주시 낭송 〈봄비〉(부천시청)
2011년 9월 '서울시인들의 작품세계 총괄정리' 세미나 참가.
　　　　주최 : 한국시문학아카데미, 재단법인 심산문학진흥회
　　　　후원 : 서울문화재단, 배재학당 역사박물관, SK텔레콤
　　　　장소 : 서울배재학당 역사박물관
2011년 한국현대시인협회 사화집 시 수록
2011년 한국문인협회 주최 '육필전시회' 시 〈처음엔 알지 못했다〉 출품
2011년 9월 한국문학방송 엔솔로지 전자책 시 수록
2011. 9. 30~10.1 (사)국제pen한국본부 '문학역사기행 및 세미나' (충북 괴산) 참가
2011년 9월 2일 (사)한국현대시인협회 주최 '제1회 겨레사랑 시낭송 및 시화전' 〈8월의 하우고개 숲에서〉(독립기념공원)
2011년 6월 『한국아동문학』 특집 '현대 시인이 쓰는 동시' 〈오월〉 수록

2011년 6월 『한국문인』 세미나 초청 시낭송(천안)
2011년 6월 한국경기시인협회 주최 '제1회 경기도민시낭송회'
　　　　낭송(수원 만석공원 제2 음악당)
2011년 5월 부천 현대미술작가회 초청 시화 전시(부천시청 아트센
　　　　타)
2011년 『한국시학』 봄, 여름, 가을, 겨울호 및 『경기펜문학』 시 발표
2010년 12월 『계절문학』 겨울호 시 발표
2010년 12월 《한국시대사전》 개정증보판 수록
2010년 12월 《한국사의 주역들》 선정 수록 (국가상훈편찬위원회)
2010년 12월 《한국 현대인물사》 선정 수록(한국민족정신진흥회)
2010년 12월 〈까세〉 육필시화(서문당) 〈불켜기〉, 〈향일〉 수록 및 갤
　　　　러리 '신상' 전시(인사동)
2010년 12월 한국현대시인협회 사화집 시 수록
2010년 12월 『부천시인』 제4호 시 발표 및 시집 조명
2010년 12월 〈오뉴월 동행〉 한국화 및 시낭송 강좌
2010년 12월 10일 『한국시학』 겨울호 시 발표 및 『경기pen문학』
　　　　제8집 시 발표
2010년 11월 15일 『한국의 시학』 2010년 가을호 시 〈계절혼돈〉,
　　　　〈시인의 시간 부재〉, 〈잊기엔〉 수록
2010년 11월 충북 보은 문학공원 '시비' 건립
2010년 10월 22일 수주문학제 일환 부천여성문학회 시민시낭송대회
　　　　심사
2010년 10월 16일 경기시협 주최 정조 숭모 시와 사진전 〈수원 화성
　　　　그곳에 가면〉 출품(화성궁)
2010년 10월 9일 한국현대시인협회 가을포럼(영주선비수련원) 참
　　　　가, 원로시 낭송
2010년 10월 2일 '詩가 흐르는 부천'. 버스정류장 시 전시
　　　　부천역사문화관 시 낭송
2010년 9월 『경기문학』 외 시 발표. 낭송 강의 등.

2010년 8월 한국문인협회 주최, 한국문인육필전 〈잎새 크는 소리〉
　　　출품
2010년 7월 한국경기시인협회 주최, '환경과 시' 관련 세미나 및 낭
　　　송(수원생태박물관)
2010년 6월 18일 제26회 복사골예술제 일환 부천문협 시낭송회,
　　　시화전 참가(부천시청아트홀. 광원아트홀)
2010년 5월 〈5월은 詩, 詩語다〉(아주대 총동문 소식지 표지 글) 발표
2010년 4월 1일 한국공간시인협회 대표시선 제19집(2009)《한강의
　　　포에지》에 시 〈틀〉, 〈물에게서 듣다〉 수록
2010년 3월 5일 『pen문학』 2010년 3, 4월호에 시 〈노을도 순백으로
　　　웃다〉 게재
2010년 2월 26일 아주대학교 산업대학원 CEO총동문회 '2008년(제
　　　13대) 2009년(제14대) 부회장 역임 공로' 공로상 수상
2010년 2월 23일 아주대학교 산업대학원 CEO총동문회 제2기 회장
　　　(2008년, 2009년) 역임. 공로 수상
2010년 1월 15일 청다문학사화집 제3호《저 푸른 소나무의 꿈》에
　　　시 〈내보여야〉, 〈명절 뒤끝〉 수록
2009년 12월 2일 2009년도 한국대표명시선집(도서출판 한국문인)
　　　시 〈4자 정 붙이기〉, 〈치아를 닦으며〉, 〈돌아보네〉 수록
2009년 12월 1일 『한국현대시』 2009 하반기 〈여름 새벽 소리〉 수록
2009년 12월 한국시협 서울시 지하철 윈도우 시 게시 〈연필 밥 또는
　　　지우개 밥〉 위치
2009년 11월 2일 제22회 시의 날 기념행사 참가. 장소 : 문학의 집 서
　　　울, 주관 : (사)한국시인협회, 주최 : (사)한국현대시인협회 ·
　　　(사)한국시인협회.
2009년 11월 1일 월간 『문학공간』(통권240호) 시 〈쓸모도 떨치지도
　　　못할〉 발표
2009년 10월 24일 국제펜클럽 한국본부 경기지역위원회 문학기행
　　　'정지용 문학관' 참가

노을순백으로 웃다

2009년 10월 23일 시문학아카데미 특별 세미나 문덕수 시인 장시
〈우체부〉 평설 및 중점 연구(배재박물관)
2009년 10월 21일 사단법인 새한국문학회 제29차 추계세미나 및 문
학기행 초청 참가 낭송 (몽산포 성락원)—문학에서 말하는
‘현실’ — ‘테마 수필’ 모색을 위한 고민—21세기 도시적 삶
속에서 시의 역할과 그 문학적 진로
2009년 10월 18일 한국현대시인협회 2009 가을세미나 ‘시와 영상 미
학’ (아카데미하우스 불암홀) 참가
2009년 9월 19일 경기시인협회 시화전 및 세미나 문학기행
2009년 9월 17일 펜클럽 제16회 국제문학심포지엄 ‘문학과 환경’ 국
민일보 메트로홀 참가
2009년 7월 『한국현대시』 2009 상반기 제5호 〈아주 쉬운 봄맞이〉 수
록
2009년 6월 29일 dsb한국문학방송작품선집(제3집) 《가슴에 품은 태
양》 시 〈틀〉 선정
2009년 6월 20일 한국문학방송(dsb) ‘오늘의 책’《김철기 시 모음
집—불켜기》게재
2009년 6월 12일 한국학술문화정보협회 인터넷 〈김철기의 서재〉
‘갤러리’ 추천
2009년 6월 12일 (사)국제펜클럽 한국본부 2009 정례문학세미나 ‘현
대문학작품에 나타난 어머니상’ 참가
2009년 6월 10일 2009 ‘물사랑 문화재사랑’ 심포지엄, 시화전, 낭송
회 참가(서울도시철도 7호선 이수역 공연장) —주최 : 사단법
인 새한국문학회. 후원 : 서울특별시, 한국문화예술위원회,
서울문화재단, 서울메트로, 서울시설공단, 서울도시철도. 발
표작 : 〈강〉, 전시장소 : 2호선 잠실역(성내방향) 7-4 승강장
벽면
2009년 6월 계간 『시세계』 여름호 시 〈사진 찍기〉, 〈내보여야〉 게재
2009년 5월 30일 『한국시학』 2009 봄호 제14집(경기시인협회) 〈쌀을

푸다가〉, 〈따돌리는 언어〉, 〈충전중입니다〉 수록
2009년 5월 23일 시낭송회 참가 ; 배재학당 역사박물관(소월 시인이
　　공부하던 교실)
2009년 5월 22일 한국시문학아카데미와 배재학당 역사박물관이 함
　　께하는 ‘서울시문학(詩文學) 역사의 향기’. 후원 : 서울특별
　　시, 한국문화예술위원회, 서울문화재단. 깃발시화 〈5에 관하
　　여〉 낭송시 〈잊음에 훈련되다〉 *한국시문학아카데미 작품집
　　2009 [음악과 그림을 위한 시] 수록
2009년 5월 14일 2009 부천여성문화포럼 20시간(3월 5일~5.14) 수
　　료. (재)부천문화재단이사장
2009년 5월 12일 제1회 대한민국독서경영포럼 ‘위기의 시대 책에서
　　길을 찾다’ 참가. 주최 : 교보문고. 장소 : 대한상공회의소 국
　　제회의실.
2009년 5월 3일 제25회 복사골예술제(제4회 시민 어울림 한마당) 컨
　　테스트 심사
2009년 5월 『경기펜문학』(제7호, 2009) 시 〈선택〉, 〈이미 빠져들다〉
　　수록
2009년 4월 1일 한국공간시인협회 대표시선 《한강의 지평》(제18집,
　　2008) 시 〈4자 정붙이기〉, 〈감꽃〉 수록. 2007(한강의 울림),
　　2006(한강의 은유), 2005(한강의 신화), 2004(한강의 시학),
　　2003(한강의 삶), 2002(한강의 사계), 2001(한강의 둥지),
　　2000(한강의 여명), 1999(한강의 역동) 시 수록
2009년 4월 한국문학방송(dsb) ‘나의 등단 작품’ 〈열대어〉 게시
2009년 4월 한국문학방송(dsb) ‘나의 첫 시집’ 《한 點 꽃, 꽃의 사다
　　리》 게재
2009년 3월 『월간문학』(2009년 3월호) 시 〈반성문 작성중〉 수록
2009년 2월 한국문학방송 ‘오늘의 책’ 게시
2009년 1월 부천문화재단정보도서관 『다감』(1월호) 문학상 수상기
　　사 게재

2008년 12월 『한국현대시』(2008 하반기 제4호) 시 〈노모에게서〉 수록

2008년 5월 제24회 복사골예술제, 제3회 시민어울림 한마당 심사위원

2008년 한국문학방송(DSB) 문인글방작품선집 제1집 시 〈숨고르기〉 선정

2008년 5월~6월(제2008-080호) '부천여성포럼' 교육과정수료(재단법인부천문화재단 이사장). 수료자 제안으로 동아리 결성 '08오뉴월동행' 회장 선임

2008년 (사)한국현대시인협회 주관 서울문화재단 후원, '서울의 명산 남산걸개시화전' 남산팔각정일대 〈남산바라기〉 출품

2008년 『한국시학』 가을호(제13집) 〈붓 당기는 날〉, 〈헌구두〉, 〈숨고르기〉 수록

2008년 전문인력 양성을 위한 문화예술 강사(심화과정) 수료. (재)부천문화재단 지역문화예술교육지원센터

2008년 『한국현대시』 (사)한국현대시인협회 상반기 사화집에 시 〈四字 정붙이기〉 수록

2008년 경기시인협회시화전(수원소재 詩想)

2008년 경기도학생백일장 심사

2008년 한국디지털문학도서관 시집 9권 전자화. 한국학술문화정보협회추진위원 요청 수락

2008년 《東北亞詩集》(한국현대시인협회) 361쪽에 〈빈 칸의 꿈〉 韓中日語 수록

2008년 《일본 속의 백제 구다라(百濟)》(한누리미디어 간) 304쪽에 테마시 〈백제인 행기 큰스님〉 수록

2008년 '한국시학상'(사단법인 한국경기시인협회 제정) 수상. 수상작 〈손을 씻다 손을 닦다〉 〈봄이 서다〉

2008년 『경기문학』에 시 〈벽〉 수록

2008년 탐미문학상 시상운영위원

2008년 『성주문화』(제4권)에 육필시 〈내 그림자〉 수록
2008년 아주대학교 산업대학원 소식지 1월~12월(제2기 회장) 글 씀
2008년 '시맥회' (미당시낭송회) 낭송 활동
2008년 『청다문학』 사화집(제2호)에 시 〈보이지 않기로는〉, 〈시간을
　　　　땜질하다〉 수록
2007년 『한국현대시』 하반기호에 시 수록
2007년 부천문화원 발행 『부천문화』 권두시 〈깊은구지에서 술안말
　　　　까지〉 수록
2007년 『부천시인』 창간호 〈숲의 말〉 수록
2007년 『부천문학』 1983 창간호~2007 48집에 작품 수록
2007년 『부천예총』 1984~2007 작품 발표
2007년 2007 대한민국시인대회(영월) 참가
2007년 전문인력 양성을 위한 문화예술교육강사연수(부천문화재
　　　　단)
2007년 '81~'07년 동인지, 종합문예지 특집, 초대시인, 신문, 인터넷
　　　　신문, 교지, 문학단체사화집, 시화전, 표지화, 시낭송회 등 다
　　　　수 참여
2007년 《한국명시선》(10) 시 5편(명시선 발간위원회) 수록
2007년 『한국현대시』 창간호 (한국현대시인협회 편) 작품 수록
2007년 경기펜 사화집(제6호) 시 2편 〈눈〉, 〈식목〉 수록
2007년 『경기문학』(경기도문인협회) 작품 수록
2007년 『한국시학』 제12집 〈낙화암으로〉 외 2편 수록
2006년 『한국여성문인사전』(숙명여자대학교 한국어문화연구소 편,
　　　　태학사 간) 수록 및 숙명여자대학교 도서관 시집 9권 장서
2006년 한국여성개발원 경기도 전문여성 인명록(작가, 시인) 수록
2006년 유럽 4개국(프랑스, 영국, 스위스, 이탈리아) 박물관 등 문화
　　　　탐방
2005년 한국문인협회 발행 『월간문학』 및 국제펜클럽 한국본부 발
　　　　행 『펜』에 작품 발표

노을순백으로웃다

2005년 제주도 관련 작품집 '제주행' 수록
2004년 탐미문학상(제9회) 본상 수상. 수상작 〈기다림은〉
2004년 『시향』(400호) 엘리트 시 100선 〈잎새 크는 소리〉 선정
2004년 《한국시대사전》 개정증보판(을지출판공사) 시 17편 수록
2004년 경기도문학상(제13회) 본상 수상. 수상작 시집 《불켜기》
2004년 한국현대시인사전(월간 한국시사 편) 수록
2004년 (주)에이스힌지택 사보 『느티나무』 작품집 발간 지도 및 사
        원 작품 심사
2004년 구자룡의 문학으로 만나는 '복사골 부천' 수록
2003년 성기조 교수 고희기념문집 《굴렁쇠의 시간 여행》 축시 〈제
        보기에는〉 수록
2003년 시인, 소리기공 명상가, 원공 김영호 명상시집 《현대인의 선
        자리》 표지화 작
2003년 지용문학제 초청시 낭송(충북 옥천)
2003년 《한국현대詩 해설》(홍윤기 저, 한누리미디어 간) 작품 수록
        및 독서신문 시평 게재
2002년 한일문화교류 일본 '나라' 외 茶禮 및 문학특강(대한민국 이
        사) 참가
2002년 한국 현대시인협회 해외 세미나(인도네시아, 싱가폴, 말레이
        시아) '말레이시아' 문예진흥청 초청 시낭송 참가
2002년 해동문학상(제4회) 우수상 수상. 수상작 시집 《날 사랑하는
        나의 記》
2001년 제1회 국민카드 사이버문학상 수상. 수상작 〈비 개인 휴일〉
2000년 『환경문학』 창간호 작품 수록
2000년 이유식 저 《나의 작품 나의 명구》에 〈시감(詩感)에 의한 색채
        적 비유어〉 수록
2000년 《韓國詩大事典》(을지출판공사) 시 18편 수록
1999년 중국 상해, 소주, 항주 등 답사
1998년 보리수시낭송회 초대시인 및 수년간 낭송활동

1998년 『시인정신』 창간호 시 〈집 이야기〉 수록

1997년 한국문예협회 문학상(제9회) 우수상 수상. 수상작 시집 《소리에 색동옷 입혀》

1996년 한국자유시인상(제10회) 우수상 수상. 수상작 〈그 자리〉 외 1편

1996년 문학의 해 경기도시낭송대회 금상(최고상) 수상

1995년 남산시낭송회 다년간 진행, 낭송 활동

1995년 아주대학교 산업대학원 공로상

1993년 시인, 문학비평가 채수영 저 《創作文學論》에 〈한 點 꽃, 꽃의 사다리〉 서평 수록

1993년 93~99 문예지 40여 종 및 신문 특집, 이달의 시인 등 초대시 다수 수록

1993년 『부천 여성문학』 창간 동인

1993년 (주)FILA 클래식 부천1점 오픈 경영

1992년 동양화 회원전시회(인천문화회관)

1992년 동양화 회원전시회(세종문화회관)

1992년 92, 93, 94 성주중, 부일중, 부천여고 교지 권두시 집필

1991년 부일중학교 개교 및 초대 석경애 교장 취임 축하 한국화 증

1991년 한국화 동인전시회(인천수봉공원)

1990년 부천시 관내 유치원, 초 · 중 · 고 학교장 공로 표창 다수

1989년 한국예술인총연합회 부천지부 예술상 문학부문 수상

1989년 '뉴질랜드' 시화 스케치 여행

1989년 일본 '도쿄' 외 패션의류 프렌차이즈 유통 견학

1989년 (주)언더우드 부천1점장

1989년 89~2002 부천 인천 지역신문 신년시 수회 집필

1988년 부천시장 표창

1987년 경기도교육위원회 교육감 공로표창(전국학교어머니회장단

협의회 경기도 회장)

1986년 부천고등학교 교지 창간(부천시학교새마을어머니협의회장)
축사 게재

1986년 성주초등학교 校木 校花 한국화 액자 증정

1986년 부천시교육장 공로 표창

1986년 제1회 주부의 날 솜씨자랑(동양화) 최우수상(경기도지사) 수상

1985년 한국화(一素會) 전시회(종로구 관훈동 耕仁美術館)

1985년 부천시민의 날 부천시장상(전국학교어머니회 부천시협의회장) 수상

1984년 부천여성문학회 창립회원

1984년 지부회원 시화전(부천미술관)

1984년 木右會미술대전 出品(국립현대미술관)

1984년 교육위원회지정 시범 '낙원유치원' 4개반 상징화 및 일본자매결연유치원 한국화 교환

1984년 대한민국미술대전 出品(국립현대미술관)

1983~1995(낙원유치원 자모회장. 성주초등학교 어머니회 회장. 성주중학교 저학년어머니회 회장.
부일중학교 어머니회 감사. 부천여자고등학교 어머니회 감사. 부천시학교새마을부천시협의회 회장. 전국학교어머니회장단협의회 경기도회장. 청와대 초청 방문

1983년 경기도미술대전(사군자) '경기도지사상' 入選

1983년 경기도부녀미술전(경기도지사, 東洋畵) 최우수상

1983년 독서발표대회(부천시교육장) 은상

1983년 한국문협 부천지부 창립 및 '부천문학' 창간 회원

1983년 복사골예술제 문학강연 및 학생 시낭송대회 다년간 진행

1983년 83~85 심곡성당 건립바자회 및 본당 만남의집 한국화 증

1982년 인천직할시미술대전 '인천시장' (四君子) 入選

1982년 인천직할시서도전(韓國畵) 銅賞

1981년 아동문학가 남천 엄기원 수필집《초가집과 돌담》표지화 작
1981년 한국화그룹전(부천예원화랑)
1980년 국제라이온스 316B 지구 부천클럽 네스상
1977년 모범저축가정 발표대회 수상(대한중앙저축추진위원회
1977년 경기도 주최 백일장 壯元(경기도지사상)
1977년 공업진흥청 품질모니터(공업진흥청장)
1973년 월간『교육평론』지 및 중앙 일간신문 작품 발표 활동
1972년 학생생활지도관 조교(도교육감)
1970년 학교행정, 학교도서관(도교육감)

김철기 제10시집

노을 순백으로 웃다

지은이 / 김철기
펴낸이 / 김재엽
펴낸곳 / 한누리미디어
디자인 / 지선숙

121-840, 서울시 마포구 서교동 395-13 서원빌딩 2층
전화 / (02)379-4514, 379-4519
Fax / (02)379-4516
E-mail/hannury2003@hanmail.net

신고번호 / 제300-2006-61호
등록일 / 1993. 11. 4

초판발행일 / 2011년 10월 5일

© 2011 김철기 Printed in KOREA

값 10,000원

※잘못된 책은 바꿔드립니다.
※이 책은 부천시 문화예술 발전기금 지원으로 제작되었습니다.

ISBN 978-89-7969-400-0   03810